〔日〕**树木希林** 著

陈林俊 译

一切随缘

人民文学出版社
PEOPLE'S LITERATURE PUBLISHING HOUSE

著作权合同登记：图字 01-2019-8043 号

ISSAI NARIYUKI KIKI KIRIN no Kotoba by KIKI Kirin
Copyright © 2018 Kirinkan
All rights reserved.
Original Japanese edition published by Bungeishunju Ltd., 2018.
Chinese (in simplified character only) translation rights in PRC reserved by
SHANGHAI 99 READERS' CULTURE CO., LTD. under the license granted by
Kirinkan, Japan arranged with Bungeishunju Ltd., Japan through The English
Agency (Japan) Ltd.

图书在版编目(CIP)数据

一切随缘 /(日)树木希林著;陈林俊译. —北京:人民文学出版社,2020
ISBN 978 – 7 – 02 – 015992 – 5(2025.4 重印)

Ⅰ.①一… Ⅱ.①树… ②陈… Ⅲ.①散文集-日本
-现代 Ⅳ.①I313.65

中国版本图书馆 CIP 数据核字(2019)第 297035 号

责任编辑 朱卫净 张晓清
装帧设计 汪佳诗

出版发行 人民文学出版社
社 址 北京市朝内大街 166 号
邮政编码 100705

印 制 凸版艺彩(东莞)印刷有限公司
经 销 全国新华书店等

字 数 68 千字
开 本 787 毫米×1092 毫米 1/32
印 张 6.5
版 次 2020 年 7 月北京第 1 版
印 次 2025 年 4 月第 2 次印刷

书 号 978-7-02-015992-5
定 价 49.00 元

如有印装质量问题,请与本社图书销售中心调换。电话:010 – 65233595

序 言

2018 年 9 月 15 日，演员树木希林与世长辞。

在我们的回忆里，树木希林可以说是姿态万千。

在早期作品中，不管是电视剧《寺内贯太郎一家》里的花痴老婆婆，还是在 NHK 连续剧《烈驹》中贞洁的母亲，抑或是她在广告中说着"让美者更美，不美者如故"①的呆萌样子，至今还令我们印象深刻。而近年来，她在《我的母亲手记》《小偷家族》等多部作品中塑造的老人形象，更是精彩绝伦。

20 岁时，树木希林的表演才能就引起了著名演员森繁久弥的注意。后来，电影鬼才胜新太郎对她说：

---

① 树木希林为富士胶卷所拍摄的广告词。

"大家都在模仿你的表演，可没有一个人可以超越你。"北野武也评价说："她的演技远远超出了一般的演员。"随着年岁渐长，她的演技也越发精湛。

说起树木希林，我们不能不提到她的丈夫——摇滚音乐人内田裕也。尽管他屡屡捅出娄子，但树木希林却坚定地说："其实（因为婚姻而）得救的人是我。"这种不合常理的婚姻生活维系了整整40多年，说不定，正因为这种夫妻关系，才让树木希林进行了诸多反思。

树木希林也为我们留下了许多文字记述。

她的语言平实易懂而不失幽默，同时这些文字又富含深意，最重要的是，她的语言都积极向上。她的语言之所以能够打动我们，可能就是因为其中没有浮于表面的寻章摘句，一言一句都是她自身生活方式写照的缘故吧。她在无意之中为我们留下了大量的名言警句。本书汇集了她的诸多名言，可以说是树木希林生活哲学的精髓所在。

生活哲学的精髓？这么说来，似乎这位刚刚逝去的故人要生气了，"那可是依赖症啊，你们得自己去想呀"。

本书的名字《一切随缘》取自于树木希林生前的亲笔题字，她写道："我的表演宗旨，就是一切随缘。"本书的封面照片是为电影《东京塔：老妈和我，有时还有老爸》的海报而拍摄的，树木希林对这张照片中的表情非常满意，自称是"颜施"。

最后，谨向在本书编辑过程中欣然允许我们转载报道、使用照片的出版社、报社以及相关人士表示衷心的感谢。

我们衷心希望，各位读者可以深入品味树木希林这些直抵心灵的语言。

目 录

第一章

关于生活

1943 年，树木希林出生于东京，本名为中谷启子。其父亲中谷襄水是当地警察，后来成为了萨摩琵琶演奏家。树木希林 20 岁时正式出道，参演电视剧《七人孙》。1973 年，与摇滚音乐人内田裕也结婚，这成了她个人生活中最大的转折点。他们的分居生活持续了 40 多年。2004 年被查出患有乳腺癌后，树木希林完全不顾癌细胞已扩散到全身，努力生活与工作，直到 2018 年 9 月去世，享年 75 岁。

不过分奢求，欲望可是无穷无尽的

上了年纪后还在不合时宜地努力，在年轻人看来也许会显得可怜或是不堪，但我觉得，我们还是应该在日常生活中尽量做好自己的事。就我而言，我总是自己开车去工作地点，如果是在东京都内，就自己换乘山手线或是公交车。后来，我上了年纪，生了病，大家会为我担心，但我还是觉得自己行动更轻松。实在一个人不行时，再麻烦别人就可以了。

上了年纪以后，我们会逐渐失去力量，疾病缠身。这么说起来确实很烦人，但我觉得这也是上天对我们的恩赐与馈赠。我们会因此而感到踏实——终于可以看到人生的终点了。上了年纪，大家不妨活得更轻松些。不过分奢求，欲望这种东西可是无穷无尽的。这也并不是要我们知足，但是，量力而为，适可而止，这不就是人生吗？

（《家人无限大》，2008 年 7 月）

1973 年 10 月，婚礼中的树木希林和内田裕也夫妇

不存东西、不买东西的生活可好了

包括长靴在内，我一直以来都只有 3 双鞋子。长靴是我在大约 40 年前出于工作需要而购买的，一直穿到现在。前几天穿的时候，我突然发现里面渗水了。没办法，我只好在当地又买了一双长靴，于是，一时间我家里有了 4 双鞋子。

至于外套，我自己几乎没有买过，都是别人给我的旧货，我在上面缝个口袋或是重新改一下。家具也是一样，我用的都是别人不要的。

我本来就小气，一旦开始使用，我就想尽可能物尽其用，用到最后无法再用为止。这就叫"有始有终"吧。

前段时间，有位邻居在搬家时要扔掉家具。虽然确实很破旧了，但以前的家具用料都不错，做工也很结实，稍微修修就能用了。于是我要了过来，自己重新刷了一下漆，现在正在使用。

不存东西、不买东西的生活可好了。房间干净利落，打扫起来也简单，不会因为房间脏了却没时间打扫而烦恼。生活简单后，心情也总是很舒畅。

（《老而有趣》，2015 年 7 月）

我的衬裤前面都有开口（笑）

这几年，我一直没怎么买过东西。买过的只有袜子。我有位朋友的丈夫去世后，她对我说："我丈夫的长裤和绒毛衬裤，有些还没有穿过。"我马上说："给我吧。"裤子宽松些正好。于是，我的衬裤前面都有开口。

"万一在什么地方倒下了，要脱下来怎么办？"这有什么关系呢，我早就过了会难为情的年龄了，让自己舒服不就好了嘛。

（《鞠子的嘉宾精选集》，2016 年 5 月）

一旦拥有后，就会成为东西的奴隶

我打扮得再好看也没意义，我对金银珠宝也没兴趣，还不如把自己居住的地方弄舒服些。

我年轻时没少因为贪图便宜而浪费钱。但是，一旦拥有后，就会成为东西的奴隶。一无所有时，不知道会有多轻松惬意，收拾起房间也是分分钟的事。

（《50 岁后的 10 年是人生的分水岭》，2016 年 6 月）

人生不如意才是天经地义的

人生不如意才是天经地义的。我不会感慨人生，也不会不切实际地奢望幸福。我总觉得"我的人生真不错啊"，遇到不顺的时候，也只会想"自己还不够成熟啊"，这样也就过去了。

不应该是这样的……当自己设定的目标没有实现，或是自己期望的幸福没有成真时，我们往往会这么想。

但是，这个目标是你真正期望的吗？会不会只是别人的价值观，或是跟别人攀比后产生的羡慕呢？也许我们应该重新审视自己。

既没有金钱，也没有地位和名声，也许在旁人看起来这太平庸了，但只要本人有真正喜欢的事情，觉得"好幸福啊"，那他的人生就可以说是闪耀夺目了。

（《不应该如此？这才是人生》，2016 年 6 月）

曾与我有缘的人，我希望你们都闪闪发光

我执着的形式发生了变化，今年（1988 年）8月，我结束了与我共事长达 27 年之久的经纪人的合作。28 年前，当我进入文学座 ① 时，是她在窗口收下了我的申请书。从那之后，我们一直合作至今。

如今我总是在想，曾与我有缘的人，我希望你们都闪闪发光，都能充分发挥你们被赐予的生命的价值。

———————————————

① 文学座：日本著名新剧剧团。

这么说起来好像有些自大，我开始执着于生命价值的发挥了。我的经纪人无法经营自己的人生，也没能顾及自己的家庭，因为我占用了她的全部时间。当我考虑到她的人生的时候，我问自己，我个人值得她如此牺牲吗？

于是，我决定和她分开，并从此关闭事务所，也不再聘用新的经纪人。这一方面是我对前任经纪人的肯定，同时我也想结束之前长年以来的习惯，斩断以自我为中心的想法，梳理一下自己的周边。

（《如何与男人心意相通》，1988 年 11 月）

在他人的人生与生命中，自己可以陪伴多久

我认为，与他人相伴相处，这是我们人类所必不可少的。不管是与孩子、丈夫，还是与保姆、父母，与任何人都是这样。在他人的生命历程中，自己可以陪伴多久呢？我认为，关于这种陪伴体验的丰富程

度，决定了一个人能否成为一个好演员。

对他人的悲伤可以感同身受，即使你们不在一起，这种悲痛也可以传达过来，这种经历的次数非常重要。

（《畅谈人生》，1987 年 1 月）

这才是真正的育儿

凡事都不麻烦别人，亲力亲为，确实非常不容易，但这才是真正的育儿。如果没有钱雇不起人，那另当别论。自己有钱也不雇人，比如，筋疲力尽地回到家后仍然坚持给孩子做饭。如果不这样的话，那我做演员也就没意义了，因此我一直努力坚持。

（比起演戏，育儿的比重）自然是很大的。所以，演戏的时候，有时候会因为一句台词而深有感触。日常生活是很辛苦的——当然这也是由于我自己的婚姻很坎坷。那些在生活中竭尽全力，历经伤害与喜悦的人，果然还是很棒的，而那些随意敷衍、不求上进的演员，就没什么意思了。我觉得不管哪个行业都是一样的吧。

（《秋子所敬爱的女演员》，1985 年 5 月）

"对人好"也是大有不同

我想对每个人都好，不区分对方是丈夫、朋友还是普通男子。

但是，有时候我也会闭上眼睛只考虑自己，只要嘴上说着"好好好"，就能顺利了事。

所以说，仅仅是"对人好"，也是大有不同的。我的理想是，与我相处过的人在临死之前能说"那家伙，真不错啊"。我想，到了那个时候，我一定是个相当有风情的女人了。

我想要朝着这个方向努力。如果连这种想法都没有，那自己随时都可能会退缩，随时都会觉得自己可有可无。我是个没什么欲望的人，既不想住豪宅，也不想要有多么理想的家庭。如果再没有什么别的欲望，那就活不下去了，因此，我才强迫自己拥有了这种欲望。

空海说过，"生生不息，不知生自何始"，他还说"死死方休，难悟何时为终"。在我的人生当中，经常会被读到的文章所感动，但很快又会变得一无所知。

（《畅谈人生》，1987 年 1 月）

我觉得自己最受益的，就是自己长得不好看

活到现在，我觉得自己最受益的，就是自己长得不好看。

我觉得自己长得很普通，但别人认为我不好看，于是我想，自己可能确实不好看吧。结果，我居然进入了美女如云的演艺界。

如今我的戏路已经宽起来了，但是在以前，连女

佣都是美女在演。所以，我很早就认识到了自己长得并不好看。

不过，也正因为如此，我才可以确信自己没有看错过男人，也就是说，他们跟我判断的一样。选还是不选，那就是自己的缘分了。

因为长得难看，所以没人会关注我，于是我就可以自由地判断他人。到现在为止，我遇到过各种各样的男人，其中也有些人真是一言难尽，不过我也都充分理解。这就是长得不好看的好处吧。

（《于是，当世不再有贞女……》，1988 年 3 月）

因为我习惯了客观审视，所以才没什么判断错误

正因为我习惯了客观审视，所以才没什么判断错误，这是我当演员带来的好处，我不觉得普通人可以如此客观地审视自己。

不过，要是可以在误判中度过一生，那倒也是一

件幸福的事，但我们往往会忍不住醒悟过来。人生，可能就是这么一回事吧。

（《你成了"想成为的大人"吗?》，2016 年 5 月）

没有什么绝对非如此不可的死规矩

在盖房子的时候，我曾经拜托过建筑师，如果在施工过程中不小心弄错了打孔位置之类，到时候请务必告诉我。这种时候，我不会要求他们进行更换或是修补，我想要利用好这种失误。说不定，这样反而会创造出比原先设计更有趣的房子来。如果只是进行了修补，那失误还是失误，而如果顺势进行利用，那么失误的价值也会得到很好的发挥。

我认为，不管在什么方面，都没有什么绝对非如此不可的硬性规矩。比如说我的脸，这应该就是在失误中诞生的。最起码，我算不上是美女演员。但是，我一直在努力发掘这一失误的价值。虽然，在如今这个时代，失误造成的长相反而更加有趣、更受欢迎了，但是，在 40 年前，即使是女佣的角色，也绝不能不好看。在这种情况下我可以存活至今，我觉得就是由于我用好了这种失误。

（《此言可贵》，2002 年 8 月）

我喜欢"匠人"这个词

我喜欢"匠人"这个词。我并不是因为非常喜欢演戏才进入演艺界的，因此我认为自己不是艺术家。只不过，演着演着就产生了责任感，最终坚持到了今天。但是，我没有什么强烈的执念。比如，一部戏中会有各种各样的角色，在选服装的时候，我穿大家选剩下的衣服就可以了。我想，匠人和艺术家的区别就在于他们会不会考虑预算问题吧。

（《此言可贵》，2002 年 8 月）

适宜的人之美

过了 60 岁，就像过了 60 岁的样子，我觉得，存在这样一种适宜的人之美。要是能这样慢慢老去就好了，这是我的切身感受。

（《访谈：宇津井健和树木希林》，2007 年 1 月）

我对大家都热衷的东西没什么兴趣

总之，我们的价值观是不同的。很多人都喜欢追求地位、名誉之类，大家所追求的和我追求的完全不同。比如，在服装方面，我从来没和其他女演员撞过衫。

我对大家都热衷的东西没什么兴趣，所以很多人才会看不透我吧。人们说的"来历不明"，就是因为不了解才会觉得"可怕"。哪怕是对于妖怪，只要知道了底细和来历，那也就没什么大不了。之所以有人会觉得看不懂我，那只是由于我们的价值观不同罢了。

（《秋子所敬爱的女演员》，1985 年 5 月）

欲望和执念会成为弱点，容易被人趁虚而入

听说有人怕我，可能是由于我没有欲望的缘故吧。人一旦有了欲望和执念，就会成为弱点，容易被人趁虚而入。我没有欲望，所以才让人觉得害怕。

对于演员这一工作，我也没有什么执念。比起拍戏，怎么样活好人生更重要。因此，我还是跟平时一样地生活着，打扫房间，清洗衣物，平时也没有特意琢磨人物角色。但是，一旦在片场换上衣服，我就会自然地投入到角色里。对我而言，演戏也就是如此而已。

（《我和家人的故事》，2015 年 6 月）

延缓衰老又如何

人生从 50 岁开始，就会进入迷茫期吧，再也难以让自己保持年轻。虽说如此，那么延缓衰老又能如何呢？年岁渐长，今后该如何生活，只能靠自己去寻找。

现在有不少人想要活到 100 岁，该怎么看这种风潮呢？我觉得这是他们想要享受人生吧。

以前我在电视上看到过这么一则新闻。因为附近公园里要建一个保育园，老年人嫌吵表示了反对。我感到非常惊讶——怎么会有人不喜欢听孩子的声音，反而嫌吵呢？那些老年人肯定精力还很充沛，能够从自己的角度看世界。当然这也很了不起，但同时我们也可以说，他们作为大人还不够成熟。居然有人不喜欢听孩子的声音，日本什么时候变成了这样的国家啊！这让人不由得感到落寞。

（《人生无憾，今后如何才能在成熟中终结呢？》2015 年 6 月）

自己没有什么了不起

我一直觉得电视是个好东西，可以把真实的我暴露出来。其实不仅仅是电视，还有娱乐杂志——虽然我以前被他们气着过……不过，毕竟里面写的东西也都是来自于我这里。我明明说的是"竖"，结果他们写出来的却是"横"，我只能安慰自己，可能当时自己让他们这么觉得了，或是他们当时就是想这么写的。只要想到自己没有什么了不起的，心里也就释然了。

在电视里展现真实的自我，被完全曝光后会觉得不好意思，角色被砍掉了会感到伤心。我把这些都原原本本地展现出来，让大家知道原来这种人是这样生活的啊，那也会有一定的价值吧。如果我是观众，一定会想看这种小家子气的人生。

（《筑紫哲也的电视讨论——茶室之神》，1987 年 7 月）

统计之类的，我完全不相信

我总是自己独立地思考，才不管别人怎么样。我想看什么，想吃什么，喜欢什么，我把这些都毫无保留地表现出来。

我不喜欢根据绝大多数这种抽象的人数比例，来说明现在哪个看起来更好些。统计之类的，我完全不相信。有时候还会有人搞什么人气投票，真是太可笑了，这是因为他们作为个体已经失去魅力的缘故吗？

（《筑紫哲也的电视讨论——茶室之神》，1987年7月）

我喜欢曾经历过失败的人

在消费物品时，我觉得没有真实性。所以，对于人，我也喜欢那些曾经历过失败的人，比如说，那种曾经被卷入某事件而经历失败的人。这么说可能有些奇怪，也就是说他们曾经见过某种意义上的底层。这种人已经知道痛苦的滋味了，所以他们会知道很多，而且还可以由此发生变化。

我家的电视机现在还是显像管式的

袜子、衬衫之类旧了以后，我会把它们做成打扫工具，让它们物尽其用。我在生活中为这些物品安排善后，让它们能够"充分发挥使命"。那些看起来很新的东西，我很少会想要。说起来也许大家会很吃惊，我家的电视机现在还是显像管式的。

人也是一样。如果感到自己已经活够人生，充分发挥了自己的价值，那就能够不虚此生了吧。我开始有这种想法，也是在生了病，自知时日不多之后。如今，连经纪人都是我自己兼任。如果雇了别人，那就必然会把别人全家的生活牵扯进来，我不知道明年自己会怎样，已经负不起这个责任了。总之，在我生命的尽头，我想简单地为自己善后，这就是我的最终目标。

（《全身是癌，我想在死前用尽自己》，2014年5月）

"人终会死"，如果能够体会到这一点，那就可以认真生活了

将来我会跟孩子们一起居住。我不照顾他们，却要他们来照料我。

如果是为了自己，我宁愿一个人住，那样更轻松些。但是，住在一起的话，不管是我的女儿、女婿，还是他们的孩子们，都可以亲身感受到我处于弥留之际。如果我们一直不住在一起，那就很难感受到了。"人终会死"，如果能够亲身体会到这一点，那么他们也将可以认真生活。

我有一个理想，想要在一切结束之前变得美丽。我要把自己的执念全部抛掉，然后轰然倒地，力量尽去。我要让自己改变，让别人看到我就赞叹不已。我说的不是外表，而是内心的世界。

（《我所梦想的大往生》，1996 年 9 月）

不要用孩子来装饰自己

在我们家，我和丈夫都忙着在演艺界制造问题（苦笑），没能营造出一个健全的家庭。所以，对于我来说，孩子只要会读书、写字、算数，有朋友，这样就可以了。但是，现在的女人却往往会利用自己的孩子，把他们当成满足自己装扮欲望的某种东西。所以，他们才会因为跟别人攀比而不高兴。不要用孩子来装饰自己。

（《她的轨迹》，2001 年 7 月）

认真地受伤，认真地服输，将使自己不断完善与宽广

所谓活着，其实也就是穿过各种各样的地方，最终进入墓穴而已。不管你怎么做，结果都是一样的，到时候只能接受。在这人生路上，不管是结婚、分手还是工作，如果能够认真地受伤，认真地服输，那么这些都将使自己不断完善并且心胸更加宽广。在我的人生中，我曾伤害了不少人，以前恨不得用橡皮或是涂改笔把这段人生擦掉。然而，到了这个年纪之后，我却非常想念那些曾经被我深深伤害过的人们……幸好当年没有装作没发生。

只是，既然生而为人，那自然也就有善念、恶意和欲望了，我想把这些念头消除掉一些，然后才归于黄土。最终，我要脱掉"树木希林"这层皮。我自己没什么打扮的价值，所以才会这么想的吧。

（《她的轨迹》，2001 年 7 月）

"今生来世再来世"

对于生与死，我感觉不到什么界限，我不觉得死亡有多么不一样。

据说佛经里面说过，"今生来世再来世"。我们竟然不仅有今生，有来世，甚至还有再来世，我们要经历各种各样的考验与事情。既然这样，那就没必要为今生限定好起点与终点，这辈子长成这样，那么下辈子也许就不同了吧。当然，我们并不是带有灵魂的变装人偶，但我们可以不把现在当成是"生命的尽头"。

（《返老还童》，2002 年 2 月）

不管是怎样的材料，
我都想把它放到能发光的地方去物尽其用

无论是我的衣服、首饰，还是家里的摆设，没有哪个是因为我喜欢才添置的。我无非是想通过它所在的位置、摆放地点，或者是穿法，让它们发挥用处。否则，不管是我有多喜欢，如果放在不能发挥作用的地点，那也只会徒增烦恼吧。

比如，我今天穿来的便服，用的就是制作和服的布料。这个料子是即将关门的和服店卖剩下的。这个花纹如果用来做和服，会有点土气吧。所以，我就让这个花纹只在动起来时才能稍微露出一点点。就像这样，不管是什么材料，我都想把它放到能发光的地方去物尽其用。

（《此言可贵》，2002 年 8 月）

淡然而生，坦然而死

尽管对健康问题不是非常热衷，但我现在知道，必须保重好自己的身体。我在新房子里安装了无障碍设施，以便将来可以使用轮椅。但是，如果还没坐上轮椅就因为喝多了而脑血管破裂，那就没办法了。因此，自己的身体要自己负责，不能胡乱生活。我并不是想要长命百岁，也完全不觉得老了后有多难受。我只不过是想不慌不忙地淡然而生，坦然而死，仅此而已。

（《此言可贵》，2002 年 8 月）

如释重负

我喜欢房产，对于房子有着颇深的执念。但是，当我听说勒·柯布西耶 ① 在能眺望他所挚爱的地中海的位置建了一间小屋来供他们夫妻居住时，我的这种执念顿时消弭于无形了。尽管不是禅宗所说的方丈之地，但是当我看到如此著名的建筑师在完成毕生事业后，最终归宿于那么狭小的房子后，我也感到如释重负。因此，我把羁绊我的各种枷锁，包括欲望，都一一卸下来。

（《喜欢和服、喜欢电影》，2008 年 1 月）

---

① 勒·柯布西耶：法国著名建筑师。

在死之前，整理好自己不想留下的遗憾

每个人迟早都会死，在死之前，我们最好整理好自己不想留下的遗憾。该见面的人要见面，该倾诉的要倾诉。

（《家人无限大》，2008 年 7 月）

我喜欢变老，不想变年轻

年轻的时候，整天为自己的虚荣、育儿和缘分而奔波。上了岁数后，突然发现自己的身体哪儿都有问题，我可不能就这么死掉。那么，就道歉吧。道歉又不费力气，对于小气的我来说，是再合适不过的了（笑）。我喜欢变老的过程，才不想变年轻呢。要是长生不老药被发明出来了，我也绝对不吃（笑）！

（《家人无限大》，2008 年 7 月）

我对人类本身兴趣浓厚

我不喜欢人，觉得很烦，所以也没什么朋友。我的眼睛有点斜视，这也是有意义的吧。明明可以不看，我却朝着相反的方向看去，结果发现了人类的另一面。就因为这样，我很难与他人和谐相处吧。但是，其实我心里对人类本身非常感兴趣，于是我把兴趣发泄在了创作方面，而平时则一个人独处就可以了。即使是现在，我也不在演艺界的中心，而是在一个稍稍远离中心、对我来说最舒服的地方，在这里我可以置身事外。

（《这就是开端》，2008 年 12 月）

怎样才能成为内心丰富的人

最近我常常在想，我终于到 65 岁了。这一路上，我总是战战兢兢，觉得自己不适合当演员，我既没有灵感，也没有才华，现在终于可以收工了吧。但是，不管到什么时候，我总在琢磨，究竟怎样才能成为内心丰富的人呢？比起作为演员的工作，我对这方面更感兴趣。

（《这就是开端》，2008 年 12 月）

接纳不便，投身其中

日常生活中，最重要的是要会偷懒。为此，我在生活中坚决不增添东西，不进行浪费。首先就是不买东西。

我的袜子是 3 年前买的，4 双一捆。如今，袜口已经变大，无法穿紧，但我还在穿。内衣也已经扣不紧，松松垮垮，穿起来就像裹着一块布似的。

上了年纪后，光是眼镜也会多出来几种吧。我没有这样，而是尽量减少使用的物品，想方设法地减少。我总在想着，有没有办法可以一物多用？想到了就特别开心。不方便？当然不方便了。接纳不方便的地方，然后让自己投身其中。上了年纪就是这样。

（《人生无憾，今后如何才能在成熟中终结呢?》2015年6月）

削减自己的身体

我总会跟宾馆的人这么说——在退房前，我的房间不需要打扫，我自己每天会打扫干净后再出门，洗漱用品也不用，毛巾在需要更换时我会跟他们说，纸巾和水也够，不需要补充。就这样，我好像变得越来越轻松，就像是在不断地削减自己的身体。所以，什么问题也都无所谓。另外，我既没有服装师，也没有发型师和化妆师。

女演员上了年纪后，需要的各种东西会逐渐增加，化妆品、保健品等，数量非常可观。没有谁出门会只带一个旅行箱吧。这就是我跟别人不同的地方。

（《温故希林在台湾》，2013年11月）

我的日常就是以实用为美

我不想说什么大道理，去乘坐新干线或是飞机的时候，哪怕正好是上下班高峰，我也会乘坐山手线电车，挤得生不如死。冬天的时候，我很怕冷，所以会穿皮衣。但是，皮衣外面没有口袋可以放西瓜卡①。于是，我去了皮衣店，想请他们帮我在外面缝一个口袋，结果被他们拒绝了："皮衣怎么能缝口袋?!"

没办法，正好有多余的布，于是我自己缝了个口袋，可方便了。我的衣服外面都缝了装西瓜卡的口袋。我的日常生活就是以实用为美——也不知道到底美不美。总之，我的生活方式就是完全根据需要来使用物品。

（《只要有一周时间，我随时死而无憾》，2015 年 6 月）

---

① 西瓜卡：日本常用的交通卡。

不如享受自己的变化

尽管我也曾经历过许许多多的失败，但可能是由于上了岁数吧，我马上就都忘了，尤其是那些特别讨厌的事。所以，我从来不会因为往事而后悔，说什么"那时候，要是这么办就好了"。比起回顾往昔，积极向前不是更好吗？

老了以后，年轻时能办到的事也会渐渐地无能为力，但这是人之常情。与其悲叹"以前多好啊"，还不如享受自己的变化过程，心想："咦，我连这也办不到了呀。"当我发现自己已经完全意识不到嘴角沾着东西时，我不由得赞叹："完全没有注意到啊，真有趣。"就像这样，如果在任何事情中都能找到乐趣，快乐度过每一天，这不就是很好的老年生活方式吗？

（《老而有趣》，2015 年 7 月）

庆幸自己能生活在可以感受到死亡的现实中

因为患了癌症，我的人生观也发生了变化。如果没有患癌，也许我的内心还没有宁静下来。"人必然会死"，我切身体会到了这一道理，这对我触动很大。可以感受到自己的余命，这使我可以整理自己的内心世界。癌症这种疾病，通常都会给人留下一些时间，正好来得及准备。

我极其讨厌因为自己的事情而麻烦别人，自己的事情自己去善后，这是作为成年人的责任。所以，我非常庆幸自己能生活在可以感受到死亡的现实中。我要让自己在任何时候死亡都不会有遗憾。

（《封面人物：树木希林》，2015 年 7 月）

即使是父子之间，品位也不会遗传

与其阅读（影视）剧本，还不如翻看房产杂志。

事实上，我确实喜欢看电话簿那么厚的房产杂志。记得有一次，从东京乘坐新干线去冈山，一路上4个小时我一直在看房产杂志。到冈山站后要下车时，我一看邻座的大叔，居然是花泽德卫①！他也很惊讶："我还在想这个人真怪，居然可以目不斜视地看房产杂志看到入迷，没想到居然是你！"

我并不是喜欢盖房子，也不是喜欢装修，更没想过投资房产赚钱。我就是单纯喜欢阅读这些杂志，然后浮想联翩，比如，想象这栋房子的住户究竟是怎样的家庭。另外，我还喜欢去实地看房子。比如说，市川昆②在南平台高地的房子，有着长长的围墙，西班牙风格的装修，非常漂亮。不过，听说最近他儿子把房子全拆掉了，重新建成了普通公寓楼。看来，即使是父子，品位也不会遗传啊。

（《日听其自然》，2015年7月）

---

① 花泽德卫：日本著名演员。
② 市川昆：日本著名导演。

我心中不光彩的部分

以前我一直在想，我心中那些不光彩的部分，会随着年岁渐长而逐渐消失吧。结果，事实并非如此。不过，最近我已经可以释然了，"有点不光彩也不要紧"。这样一来，我稍稍轻松了些。

（《70 岁才首次参拜伊势神宫，居然还成了纪录片》，2014 年 5 月）

我们都是彼此的提婆达多

我现在有时候还会在无意中念诵佛经。自己一个人生活，有时候会发现，"今天一天都没跟人说过话啊"，这时候念念佛经，可以让身心都活动起来。对于我来说，念经已经是日常生活的一部分了。

在生活中，有时候我还会脱口而出一些佛经中的话。比如，在电影《神宫希林——我的神》（2014 年公映）中，我说了这么一句台词："对我来说，丈夫就像提婆达多一样。"提婆达多是释迦牟尼的表兄弟，最初他们在同一个教派内活动，后来提婆达多叛变，甚至想要杀害释迦牟尼。然而，释迦牟尼却说，正因为有提婆达多的存在，他才看到了原先看不到的东西。如果把对自己不利的、妨碍自己的东西全部都认为是不好的，就好像是把疾病认定为不好的一样，那么将什么也得不到。事物好的一面和不好的一面是表里一体的，承认两者的存在，将使我们的人生更加柔和。也就是说，也许正因为有丈夫这个提婆达多的存在，我才能够活得如此淡定从容。

正如各位所知，我的丈夫——我的神，他是个摇滚音乐人，一旦认定了后就会不顾一切全心投入，所以他没少惹起事端。也许在旁人看来，我是规规矩矩，而他则是胡作非为。虽然事实也确实如此，但就我看来，自从跟他在一起之后，我才明白了原来自己也有如此好斗的一面。

我们曾经大打出手，甚至我的肋骨都被打断过。不过，虽然我们曾经吵得那么凶，我自己心中那片一直无法抑制的混沌部分，由于与内田这个总是火冒三丈的人针锋相对而渐渐得到了净化。每个人都有自己的提婆达多，同时，自己也会成为他人的提婆达多。我们都是彼此的提婆达多。也正因为如此，不管别人怎么说，我们都没有分开。

（《全身是癌，我想在死前用尽自己》，2014 年 5 月）

不是因祸得福，而是小气得福

对于我来说，"祈祷"到底是什么呢，我再稍微详细说一下吧。我开始膜拜这种肉眼无法看到的存在，是在大约 40 年前。当时我在西麻布地区买了 130 平方米左右的地，打算盖房子。然而，那块地上有口井，还有稻荷神社。在这种土地上新建房子，以后会不会有什么祸事呢，这让人我非常头疼。

那个时候，我正好和美轮明宏①在合作一部作品。当时美轮饰演的是男角，我们俩扮演一对夫妇。我跟她说了后，她就说："你要是住在那里的话，会死掉的。"她还说可以给我介绍一位高僧，那是日本唯一可以去除古井邪气的高僧。但是我想，那么有名的高僧肯定需要昂贵的谢礼，而且要等他有空也不容易，于是又去问了别人。结果，有人对我说："既然是你要住的地方，那你自己念经不是最好的吗？"我觉得很有道理。

不是念咒符，而是念经。不过，我并没有特别区分佛教和神道。我以前读书的女校属于净土真宗系，旁边就有鬼子母神②，我们也去看过法会。从小时候开始，佛教就离我不远，于是，我自然就开始念经了。另外，我生来小气，这样可以把钱省下来，于是我说：

①　美轮明宏：日本著名歌手、演员。
②　鬼子母神：佛教中的神，现为安产、育儿守护神。

"有道理，最好还是自己来拜佛。"因此，这不是因祸得福，而是"小气得福"。

（《全身是癌，我想在死前用尽自己》，2014年5月）

此身即是众神

折口信夫 ① 说过，日本人遇到佛教这种宽容的宗教，确实是非常幸福的，但同时，我们也因此而懈怠了在内心深处孕育各自与生俱来的神灵，这令人感到有些遗憾。这句话到底是什么意思呢，我以前一直不懂。

伊势神宫是祭祀天照大神 ② 及其麾下众神的最高神社，风神、火神等诸多神灵都名列其中。如果用这些神灵来对照人类世界，那么，我们各自所肩负的职责不正好也跟众神各司其职一样吗？这次去伊势神宫，我也希望能对此有所领悟。

---

① 折口信夫：日本著名民俗学家。
② 天照大神：日本神道中的最高神灵。

后来，我终于明白了，我们各自都拥有类似神灵的信仰，这是我们完成各自职责的依托，而这些信仰与众神相通。我们每个人都有各自所信赖的神灵，最终投影成世人皆认同的众神，因此我们才会来参拜作为众神之巅的伊势神宫。在这种状态下，佛教这一恢弘宽广的思想传了进来，因此日本人才没有能够确立起个体神的思想，我想，这就是折口信夫想说的吧。

（《全身是癌，我想在死前用尽自己》，2014 年 5 月）

感谢"今日事"

近来，我一直在生活中感谢"今日事"。不是感谢"今日"的事情，而是感谢"今日能有事"。一件一件完成上天赐予我的今日之事，是我每天生活的幸福所在。不仅如此，最终它还将为我带来充实感，让我觉得自己已经充分完成了自己的职责，将自己使用殆尽。

（《全身是癌，我想在死前用尽自己》，2014 年 5 月）

那可是依赖症哦

不少记者想来采访我，问我关于"老去""死亡"之类的话题，真是没办法，我也没有什么好说的。你问我"怎么看待死亡?"，我也不知道啊，我又没有死过。

我接受这种采访有什么好处呢？我知道对你们是有好处的。什么？我的话可以挽救他人？这可是依赖症哦。还是自己好好想吧。

（《全身是癌，我想在死前用尽自己》，2014 年 5 月）

不求享受，要有趣味

德永进 ① 和谷川俊太郎 ② 在鸟取县从事临终关怀活动，前段时间，我曾经和他们在一次活动中聊过死亡。当时我说了一个朋友的轶事。我朋友的女儿长年

---

① 德永进：日本医生，作家。
② 谷川俊太郎：日本当代著名诗人。

在国外生活，在父亲弥留之际，女儿全家赶了回来。

"爸爸，快醒醒。"全家人都拼命地喊。就在心电图的波动即将消失的时候，她父亲好像听到了些什么，心电图又开始动了起来。但就在家人刚松了一口气的时候，波动又消失了，于是他们又喊："爸爸，快活过来。"这么反复好几次后，全家人都筋疲力尽了。后来，当波线又要消失时，女儿忍不住说："爸爸，你到底是要死还是活啊。"

我说完这个轶事后，在场的人都大笑起来。不过，大家都明白这种心情的吧。这件事情还有后话。后来我们去了火葬场，在房间里大约等了一个小时后，火葬场工作人员出来报告了结果。于昰，他女儿对大家说："各位亲友，我爸爸已经烧好了。"

这个世界很有趣吧。"老了后怎么办""死了怎么办"，与其在脑子里整天盘算，还不如多看看这个世界。每天都是新鲜事，不要想着去享受，要多发现趣味。快不快乐是客观的，但我们可以进入其中去发现趣味。在这个世界上，如果感受不到趣味可不行。

（《全身是癌，树木希林的生死观》，2017 年 5 月）

如今人们已经不擅长死亡了

不过，如今的人们已经不擅长死亡了。总是不死，不知道到底要活到什么时候，同时活得也不好看。

（生和死）不就是彼岸和此岸吗？人生的对岸就是彼岸，这边就是此岸。总之，活着是日常，死去也是日常。

（《来自树木希林的电话》，2017 年 1 月）

要抛弃贪得无厌的念头

要抛弃掉贪得无厌的念头，不要总想着："不应该是这样的，应该更好些的。"客观审视自己："能到现在这样已经很不错了，本来是不可能的。"如果能够这样想，那就不会有多余的奢求了，自己会轻松得多。当然，也就不会和别人进行攀比了。

这也是我生病以后获得的领悟。不知道自己什么时候会死掉，但我不能因此就自暴自弃。我对自己说：在这种情况下我还能活到现在，已经很不错了，很不错！不仅如此，还有人邀请我去出演优秀作品，我真的很幸福。

（《封面上的我：一切随缘》，2018 年 5 月）

幸福不是"恒有之物"，而是"自行发现之物"

怎样才能不被别人的价值观所左右呢？关键可能是"自立"吧。自己想干什么，该干什么，要用自己的头脑去思考，自己去行动，当然，有时候拜托别人也未尝不可，但你要先做好准备——如果谁也无法帮你，你怎么办？

进一步说，我们可以让自己对现状感到有趣。所谓幸福，不是"恒有之物"，而是"自行发现之物"。平淡无奇的日常生活，看起来不值一提的人生，如果我们带着趣味去看的话，那也可以在那里寻得幸福。

（《不应该如此？这才是人生》，2016 年 6 月）

我希望自己得到净化后才落幕

"有没有还没完成的事？"这种事情，我可没有哦。我本来就没有什么欲望。当然，对自己言行的反省，我打算每天坚持，至死方休。

不过，我还有个野心，我希望自己得到净化后才落幕。佛经里说"如薪尽火灭"，这就是我的理想。我想对那些我曾经麻烦过的人说完"对不起"后，才燃尽自己的生命，要是能这样就再好不过了。我想作为一个人悄悄地离去，而不是一个演员。所以，如果哪天你们在舞台上看不到我了，千万别去追。

（《我和家人的故事》，2015 年 6 月）

最后我们将"终归哀寂"

"妙趣横生，终归哀寂。"

我觉得人的存在本身就是"终归哀寂"。日本人有种"物哀"的意识，不管过着怎样的人生，我们每个人最后都将"终归哀寂"。

（《老妈，裕也，女儿也哉子》，2007 年 5 月）

"谢谢关心，您是哪位？"

在我即将死去的时候，如果丈夫问我："喂，你还好吧？"我打算这么回答他："谢谢关心，您是哪位？"

（《鞠子的嘉宾精选集》，2016 年 5 月）

"也没有哪个摇滚音乐人能有 3 个孙儿吧？"

"你现在幸福吗？"当然幸福啦，这可是内田说过的。他说："你有 3 个孙儿，没有哪个女演员能像你这么幸福哦!"我也马上还嘴说:"也没有哪个摇滚音乐人能有 3 个孙儿吧?"内田只好承认说:"嗯,明白了,我也很幸福。"

(《花与遗影》,2016 年 6 月)

临终时,希望女儿能夸我"干得漂亮"

还是说死就死最好。我的父母亲都是七十五六岁的时候,卧床一周左右就去世了。对于儿女们来说,这是求之不得的,我们都觉得他们"干得漂亮!"我自己也想和父母一样,临终时能被女儿夸"干得好"。

(《时隔 8 年再次登场! 特别对谈》,2016 年 6 月)

第二章

关于家人

1973年，树木希林与内田裕也再婚，时年30岁。1976年，女儿也哉子诞生。1981年，树木希林38岁，内田无故提出离婚，树木向法院起诉离婚无效，最终胜诉。1995年，也哉子与演员本木雅弘结婚，现有3子：长子雅乐是模特，长女伽罗曾是演员，现为学生，此外还有次子玄兔。也哉子和伽罗分别两度与树木希林合作，共同出演电影。

好笑的家庭

我母亲在神田神保町经营咖啡馆，父亲是当地的警察（后来成了琵琶演奏家），他们在那里相遇、结婚。母亲是三婚，父亲年龄比母亲小，是初婚。父亲

2017年初，拍摄于东京的全家合影，从左上角的树木希林开始，顺时针方向依次为：内田雅乐、也哉子、本木雅弘、内田伽罗、裕也、玄兔

很会对母亲撒娇，这在日本男人中非常少见。有一次母亲动了大手术，性命垂危，父亲每天都去医院探望，一度非常消沉。因此，护士们说："看来要是他妻子去世了，马上家里会有另一场葬礼。"

幸好母亲的手术很顺利，其后两个人在生活中非常恩爱。后来母亲身体再次出问题时，出现了一位对父亲颇有好感的女士。不过，也幸亏如此，在母亲去世后，可能是有了新的乐趣的缘故吧，父亲才没有被击垮。

因此，从我父亲的经历可以看出，为剩下来的人着想，寻觅下一任是非常重要的。

我们家真是非常好笑，关系复杂，但也让人觉得很有趣。我不知道普通人家是怎样的，但还好最后他们夫妻俩都葬在了一起，这让我们子孙很是放心。当然，正如一旦子女离婚，父母可能会比当事人更紧张一样，对于子女来说，也是希望父母靠谱些。

（《家人无限大》，2008 年 7 月）

我曾对父亲说"你快回去"

小时候，总是父亲在上班前推着妹妹的婴儿车送我去幼儿园，但我当时觉得坐在婴儿车里很丢脸。于是，据说一靠近幼儿园，我就会对父亲说"你快回去"，让他很无语。

不过，小时候我的话并不多。在幼儿园里，我总是沉默不语，所以也不怎么受欢迎。如果翻看我幼儿园时的合影，会发现我和旁边孩子中间总会有点空隙，我独自一人在大家旁边，而且并不是我自己主动离开，好像是被大家排斥在外的。这就是我的本来面目吧。

（《这就是开端》，2008 年 12 月）

我曾是个坐在电视机最前面，
有权换台的令人生厌的小学生

母亲是个生意人，每天都会有钱进账。因此，在电视机还只出现在电器店的时候，我们家就已经买了。于是我打开窗户，让邻居都能看到我家有电视机，而我就是那个坐在最前面，有权换台的令人讨厌的小学生。

我想，如果一家人挤在狭小的空间里相互谦让地生活，那说不定我会成为一个内心世界丰富的孩子吧。而我当时就有了自己的房间，于是成了个特别自私、令人讨厌的人。不过，那些令人讨厌的部分好像都被我用在了表演上。

（《深度采访》，2016 年 6 月）

尿床让我自卑

现在想来，直到小学三四年级时我还尿床，这让我很自卑，因此而影响了我吧。不过，父母可没有因此而斥责我。他们安慰我说"没事的，没事的"，帮我晾晒床单。我要是请假不去学校，父亲反而会高兴地把我放在他身边。生长在这么充满关爱的环境中，我却孤僻而令人讨厌。来了客人，我害羞地连招呼也不会打，跟人也不亲近。我想，因此我才会习惯远远地旁观他人的吧。回想起来，我如今的性格也不是没有来由，正因为有那样的童年，才有了如今的我。于是，当了演员后，我也是叛逆如故。

我之所以会去参加文学座的考试，是因为我本来想当药剂师，结果在考试前因为滑雪而骨折了，无法去参加考试。母亲在做生意，我也没必要找工作。不过，我又不想去上烹饪学校或是裁缝学校。就在我想着考个什么的时候，正巧看到了（文学座的）报纸广告。

（《她的轨迹》，2001 年 7 月）

只要我把基础打牢，这个家就不会散

我也觉得自己是个怪人。我既不觉得自己是个感情深厚的人，但同时也不够冷静透彻。不过，在他人看来，也许我是个无情的人。

我似乎格外不会迷恋他人。不管是丈夫、女儿，还是我自己，都完全没让我依恋。

为什么我会成为这样的人呢？这么想来，我想到了潜藏在我内心的"对人生的倦怠"。从孩童时候开始，它就存在我的心中，我在生无可恋中活到了现在。

小时候，我的身体不是很结实。参加小学运动会的障碍跑时，我还没到终点，老师就让我退场，说："好，比赛结束了。"

据说我小时候很少说话。当年居住在三田地区的邻居们后来知道我成了演员后都非常惊讶："那个从不开口的启子居然成了演员?!"

父亲是萨摩琵琶演奏家，如果时间允许，他可以笑眯眯地弹上一整天琵琶。但他还无法靠琵琶维持生计，因此，母亲拼命工作，努力支撑全家的生活。所以，大家都揶揄父亲说："爸爸的命真好啊。"

在对艺术的态度上，我觉得自己跟父亲很像。迷上一件事后，只要能做，就很开心。但是，在建设自己的家庭方面，我也许是受到了母亲做法的影响。

即使顶梁柱稍稍有些不稳、歪斜，只要地基很稳固，家庭就能维持下去——通过我从小生长的环境，我对家庭，对父亲，对母亲，有了这样的认识。因此，在自己的婚姻生活中，我才能相信，只要自己把基础打牢，这个家就不会散。

（《老妈，裕也，女儿也栽子》，2007 年 5 月）

我也做过类似的事

母亲做的很多事情，都让我起鸡皮疙瘩，比如，她说晚上房间缝隙里吹来的风太冷，于是睡前会在脑门上放个口罩。但是，仔细想来，我自己也做过类似的事情啊。

（《50 岁后的 10 年是人生的分水岭》，2016 年 6 月）

如果我自己过得风生水起，那就是对他尽责了

我觉得男人是个摆设，不过，这是褒义的摆设。但是，摆设再好看，再气派，如果地基摇摇晃晃，那也不妙吧。

要说我为什么不跟丈夫离婚呢，那是因为对我而言，丈夫完全是个摆设。他尽心尽责地为我演好了标榜着梦想与理想的摆设。要装个摆设已颇不容易，旁边那些乱七八糟的事也就无所谓了。不过，现在我们还不能住在一起。

我不能养着他、护着他，我认为，对男人尽责，不是要这样养他护他，也不是为他弥补不足，如果我自己过得风生水起，那就是对他尽责了。

（《于是，当世不再有贞女……》，1988 年 3 月）

丈夫善于成就他人

我们争吵了 3 年，最终我搬了出来，一直到现在。因此，我什么也没有为丈夫做，不管他有没有其他女人，也不管他干什么，我都没有说三道四的权利。不过，他却是我最能感应到的人。

这真是不可思议。我们曾闹到法庭上，在大庭广众之下争吵，我曾被他当众痛骂。但是，就在丈夫和某女星闹出丑闻的时候，我们一家 3 个人却在照相馆里拍照。

见面的时候，他总是低着头。于是我鼓励他说："你的日常生活确实是一团糟，这也不是我能说三道四的。但是，凡是和你相遇的人，不管是男的还是女的，都会展现出他的优点，比之前更加优秀的吧。这就是你最了不起的地方。"他听完后说："我好开心。"我丈夫非常善于成就他人，在污秽不堪的娱乐界，这是非常宝贵的。你看照片会发现很有趣，我们的孩子看起来像是大人，而我和丈夫则天真无邪地满脸笑容。

（《如何与男人"心意相通"》，1988 年 11 月）

我和丈夫是互相中毒

（丈夫）是个很难得遇上的人，他也说过，从没见过像我这么不放弃的女人。我们俩互相中毒了，所以我们俩才分不掉。

不过，有一次女儿看到我丈夫和一个女演员在夏威夷拍的照片后，她轻轻地哭了起来："怎么能这样呢。"不过，很快她就又轻快地说："吃饭喽。"我看着她，也不知道该怎么说，但我开始期待起这孩子的感性与前途来。

这就是我作为人、作为演员所缺乏的东西。丈夫每次看到女儿都会说："这孩子真好啊。"这时候我才终于明白了他的意思。我这个人总是到处撒毒，所以名声不好。而丈夫总是小心翼翼，一听到有人说我坏话，马上就会豁出去跟人打架。他总说："为了维护你，我可是筋疲力尽了。"不过，他维护我的方式有点不同寻常。

（《如何与男人"心意相通"》，1988 年 11 月）

与内田之间的恶战，对我而言也是必需的

最近有件事让我哈哈大笑。我有个中国朋友是占卜师，尽管我说反正都已经知道了，不用占卜了，但她还是坚持要为我看一下。看完后她说："不管跟什么样的人结婚，你都会是最凶的妻子。"我哈哈大笑说："我知道。"

不过，与内田之间的恶战，对我而言也是必要的战斗。（编者注：此处对细节也有所讨论。比如，妻子爱吃糙米，丈夫于是就吼她说，光重视健康，他怎么搞摇滚呢，诸如此类情况。）吵得凶的时候，旁边人安

慰我说："你嫁了个有点狠的老公啊。"不过，最终说"累了"的却是内田。他说："要让你兴奋起来，太需要努力了。"

但是，外人可不是这么认为的，这也归功于我平时表现得无懈可击。最初我也曾想，我为什么非得和这么粗暴可怕的人在一起呢？不过，现在我深切同情他遇到了我这么难缠的妻子。

（比如，听说他交了新女友后）如果我嫉妒得大喊大叫，那他也许就可以潇洒得意地生活了。然而，我会说："真的啊，我有点生气，不过太好了。你们打算结婚吗？"他如果说要跟我离婚，我就说："那可不行哦。"而如果他不说的话，我就会说："需要的话，我们可以离了哦。"（他已经完全拿我没办法了）我怎么也不让他顺心如意，不管怎么说，我都可以说是最凶悍的妻子了吧。

（《她的轨迹》，2001 年 7 月）

其实得救的人是我

丈夫的家暴很严重，我也会还手，真是不堪回首。附近的五金店老板还曾经问过我："你们家为什么总来买菜刀啊？"

也许外人都认为我是家暴的受害者，其实我很感谢内田。年轻的时候，我内心怀着像岩浆般激烈的感情和自我，我一度非常困惑，不知道该怎样生活下去。就在这个时候，我遇到了比我还更为激烈的内田。跟他在一起后，我马上释然了，觉得自己还是挺正常的。因此，其实得救的人是我。

不过，年轻的时候真是吃了不少苦。随着时间飞逝，年龄渐长，我们不能总在冲突，同时也明白了恰当的距离感。不过，也许我们花的时间有点太长了。

（《我和家人的故事》，2015 年 6 月）

因为有"妻子"这种身份的限制，
我自己也不会散漫放纵

我每年和丈夫见一两次面。不是说"丈夫要健康，但最后不在家"吗？其实我一直很感叹，大家居然可以跟别人在一起生活啊。而我这个人的性格，不适宜跟别人紧贴在一起生活。

他确实不好相处，但我也不是好惹的。曾跟我合作电影《步履不停》（2008 年公映）的江原由希子说过："我原以为裕也人怪，想不到你比他还怪得多。"

经常有人问我为什么不离婚呢？真不知道该怎么解释。原因应该是有的，反正结果就已经是这样了。而且，有个丈夫也是有好处的。丈夫的存在，总会有一点点守护的作用。同时，因为有"妻子"这种身份的限制，我自己也不会散漫放纵。别人也不会来约我——年轻的时候，也是有人约我的。但他怎么看待我这个妻子的存在，我从没有问过他，就不得而知了。

（《"妻子"这种空间的存在，让我没有散漫放纵》，2015年6月）

"花店老板也要生活的！"

内田的心肠比我的要好，他对谁都很好。年轻时，我曾经去看过森繁久弥的舞台剧，看到无数的鲜花被送过来，心想："这太浪费了。"于是，在我自己登台演出时，我就跟大家联系说："千万别送花过来。"结果，还是有些没有预先联系过的、关系不是很近的人送来了花。

结果，我丈夫很生气，他说："花店老板也要生活的，你别那么大声说不要送花。"于是，从此我就小声地说。在夏威夷的时候，他说想买套新西服，于是我陪他去买。类似的衣服家里已经有不少，可他还是哪个都想买。不仅如此，他还向我发火："你也买点东西啊！"说什么商店里的人也是要生活的。他即使钱包里只有 3 万日元，也想要花 100 万日元，完全分不清自己的钱和别人的钱。跟我比起来，他的道德要高尚得多。

（《花与遗影》，2016 年 6 月）

原原本本地认可他们的存在

（夫妻关系）如今算是破镜重圆了吧。

最终能够这样收场，也算是非常漂亮的人生谢幕了，这也将影响到孩子们以及孙辈吧。如果我们还跟以前那样吵个不停的话，唉……经历了长期的争吵，最终这样收场，以后就是两个老人相互照顾了。

太好了！可不是这么一句话就说得清的。人就是这样，只要换个看法，同一个人可以摇身一变，活得完全不同。

"我变温柔了。"我自己也这么说，比起"温柔"，应该是会体恤人了吧。能站在他人的立场，怎么说呢，会"理解"、"认可"他人了。认可了丈夫，当然也认可了孩子，原原本本地认可他们的存在。这么一来，真的轻松了好多。

（《我们想要过没有谎言的人生，因此成了这样的夫妻》，2009 年 1 月）

一句话让几十年的夫妇重归于好

我奶奶快要 100 岁了，她曾经因为丈夫的寻花问柳而吃尽苦头，这在明治时代的男子中颇为常见。爷爷 60 岁左右在医院行将去世之际对奶奶说："让你受苦了。"奶奶受了那么多苦，曾经打算背着孩子从芝浦（东京）跳河轻生。结果因为这么一句话，她就完全原谅了爷爷。那之后，她又活了 40 多年。

我们总是感觉自己似乎可以永远活下去，所以才不会想说那样的话。

我想，一句话可以让一对几十年的夫妇重归于好。这并不是温柔的话，而是丈夫变温柔后说的话，它可以让妻子的内心融化。当然，我并不是说，要温柔地跟人说话。

我心想，语言真是神奇啊。不过，这也不是要我们巧妙地使用语言。

（《我们想要过没有谎言的人生，因此成了这样的夫妻》，2009 年 1 月）

不谢罪，不能死

当我患癌之后，心想自己时日不多了。当时我就在考虑，自己还有哪些事情必须做。孩子已经独立，孙儿也已经出生，有他自己的父母照顾，因此不需要我担心。

问题是我丈夫。尽管我并不觉得自己有什么过错，但这么多年一直把他晾在那里，总有些过意不去。对方的过错暂且不提，我自己的过错却一直在心头。于是我心想，不管怎样，还是先向丈夫道歉吧。我觉得不先谢罪自己就不能死。不过，如何告诉丈夫也是件麻烦事。如果打电话的话，两个人说着说着就会火起来，最近我们都是用传真在联系。

于是，我们终于决定见面。丈夫一开始就很激动，一个人说个不停，我刚要开口说话，他就打断了我，然后说些无关紧要的琐事。两个人面对面好好说话，在这三十多年中就未曾有过，他是坐不住的。不过，我想如果错过了这次机会，那可能就再没机会了。反正饭也早就吃完了，于是我端正坐好，对他说："多年以来，您一定有很多不满吧。我对您做了非常不对的事，十分抱歉！"虽然有些夸张，说完后我就走了。我们家就是这样，虽然是夫妇，但却是无法对话的。

我们的婚后生活，感觉都没有几个月。但是，我生病以后经常去那边，这算是生病带来的收获吧。

后来我听说，我们见完面当天晚上，丈夫喊了某人出去喝啤酒，据说他喝了20瓶左右。听和他一起喝酒的人说，丈夫兴致很高，从没见他心情那么好过。听说之后，我心想，这下我可以放心地去了。

（《访谈：宇津井健和树木希林》，2007 年 1 月）

如果总说"对方不对"，那会产生什么呢？

其实，我也不是没有想过，丈夫曾让自己很丢脸。不过，如果这样说的话，那就无法修复我们之间的关系了，而且，仔细回想起来，与其说当时我是在向内田道歉，其实我更是在向世上所有人，因为我的存在本身而道歉。

这种心态是日本人独有的吧。

据说，在国外如果汽车相撞了，一开始双方是绝对不会道歉的。而我则更喜欢日本人这种自古以来就有的、即使不知道是不是自己的错也先说"对不起"的方式。如果一直说"岂有此理，明明是对方有错"，那会产生什么呢？我没有体力，想想斗争也觉得徒劳无益。

（《老妈，裕也，女儿也哉子》，2007 年 5 月）

"幸好当年没离婚"

我和丈夫重新开始见面后大概过了一年的时候，有一次，我们一起去位于轻井泽的藤村志保 ① 的别墅做客。回来的路上，有一对白发苍苍、很有气质的老年夫妇跟我们打招呼说："你们好。"我们也回应说："你们好。"但就是想不出他们是谁。等坐上了新干线，我才突然想了起来，他居然就是我们 30 年前打离婚官司时的律师！

记得当时，那位律师对我说："既然你这么讨厌

——————
① 藤村志保：日本著名演员。

他，就跟他离了吧。"但我就是坚持不离，最终我丈夫败诉了（笑）。

在回来的电车上，丈夫说话了："你啊，婚也算结了，孩子也有了，还有两个孙儿（注：现在是三个）。现在能这样算是很幸福了。一般的女演员往往是很辛苦的。"我也脱口而出说："你有孙子，不也是个幸福的摇滚音乐人吗？""是啊。"我们说着说着，突然丈夫说："当年幸好没有离婚。"

我从来都没有想过"当年幸好没有离婚"这句话竟然会从丈夫嘴里说出来。过去的几十年时间，有时候也会觉得很徒劳，但正因为有这一段岁月，才有了我们今天的克制，有了彼此的关心、互相尊重、才能够有目前这种融洽的关系。原来夫妻还可以过成这样。现在我可以说，和丈夫的相遇，是我人生中非常重要的财富。

（《访谈：宇津井健和树木希林》，2007 年 1 月）

"和平是不能吃的"

有一次，我们三个人一起去瑞士某著名餐厅吃饭。点菜的时候丈夫问："这里最好的菜是什么？"服务员说："这个。"于是他说："就点这个。"结果点的是用鸽子做的菜。我说："这个我不吃哦。"女儿也跟着说："我也不吃。"他说："我们既然来了这里，就该尝尝这种菜。"

等到填塞得满满的鸽子被端上来后："这个啊，"他看了一会儿后对我们说，"吃吧。"我说："我不是说过不吃的吗？"女儿也说："我也说过不吃了啊。"于是，他喊来厨师说："和平是不能吃的。""鸽子是和平的象征，不能吃，请放到那边去。"好笑吧。

（《实用之美——鲁山人》，2003 年 11 月）

"妈妈，我不喜欢你说那种话时的神情"

都说孩子是自己的另一个样子，但我女儿的性格却不像我们。前段时间，她去了一家店，有个刚好也在店里的女人对她说："我是你妈妈的朋友。"我听完那个人的名字后很生气："认识是认识，但我和她可不是朋友。"那个女人是一个和尚的情人，整天无所事事，总是在服装店里闲聊。

说着说着，我不由得伸出小拇指说："那个女人是小三。"女儿只是说："行了，我知道了。"好像不以为意。于是我又说："千真万确啊。"结果她说："我不喜欢妈妈你说那种话时的神情。不管别人是怎样的，我都不喜欢妈妈你说那种话时的神情。"她看到我说话时的样子，觉得不合适。这孩子真不赖。

（《如何与男人"心意相通"》，1988 年 11 月）

买得起却不买，也是很需要勇气的

要说我给了女儿什么东西，那就是自从她开始参加考试，我从来没有让她去参与任何跟别人进行攀比的竞争。T恤之类的我没给她买过，穿的都是她父亲用过的。小学换校服的时候，我说还是穿旧的好了，就没有给她买新的，结果那孩子用自己的储蓄买了回来，朋友都说她可怜。不过，买得起却不买，也是很需要勇气的。

（《她的轨迹》，2001 年 7 月）

我们母女之间不可思议的距离感，
从她小时候就是如此

我们母女之间不可思议的距离感，从也哉子小时候就开始了。我曾经送她去国外留过几次学，我们分开之后，信都没给她寄过。

在也哉子上小学时，我送她去了美国。我把她带到寄宿地点后，趁着她去附近玩的时候，我说了声"告辞"就回来了。最终，我一封信都没给她写。

她读高中时，被我送去瑞士留学。虽然比美国更远了，但我比上次更加懒得联系。在她的同学里面，信件、传真、礼物之类什么都没收到过的，好像只有也哉子。

不过，有一次，她突然收到了一个装满东西的纸箱。"也哉子家里寄东西来了！"同学们都好奇地围了过来。结果发现，里面装的都是家里已经用不着的东西。我这个寄东西的人如今已经不记得当时到底寄了什么，据说当时在场的人看完后都皱起了眉头。

（《老妈，裕也，女儿也哉子》，2007 年 5 月）

那孩子的存在本身就可以让人很舒服

那孩子（也哉子）的存在本身就可以让人很舒服。不管遇见了多有名的人，还是在车站与人擦身而过，她都可以一视同仁。我觉得这可是珍宝啊。即使父母不教，社会也会教育她，让她成长。从这种意义来说，她有非常好的性格。

（《她的轨迹》，2001 年 7 月）

不帮忙，也不负责

大约 10 年前，当时 19 岁的也哉子突然对我说："有人劝我出本书。"我坚决反对，我明确地说："你的小学作文我又不是没看过，作文都写不好，还出什么书?! 那种书出版了后，以后多丢人。"但是，女儿毫不退让："可别人说我写得好。"最终，她还是决定出版，后来居然还成了散文家。

从那天起，我就开始把女儿当成一个拥有自我人格的大人。同时，从那天起，我开始既不照顾她，也不为她负责。你做什么事，我一点也不知道，我始终坚持这样的态度。

这么说来，昨天晚上，我看到她正在为长子的事情而叹息。我装作什么也不知道，我问她："酒没有了吗?"她低声回答："那里还有点。"于是我说："那我去喝点。拜拜!"然后就溜走了。我自己的人生都是一团糟，怎么可以为别人的人生出谋划策呢。

（《老妈，裕也，女儿也哉子》，2007 年 5 月）

"结婚对象不能是长子"

我喜欢到处看房子，关于墓地，也已经在好多年前就买下了不错的位置。我没打算马上就造墓，正好内田的母亲去世了，于是那块墓地就被用来安置内田本家墓地放不下的遗骨。

但是，我突然意识到了一个问题。我们夫妻俩去世后，如果也哉子嫁了出去，那就没有人来供养我们了。于是我就一直叮嘱也哉子说："你必须世代供养，所以你的结婚对象不可以是长子。""虽然我们家没有财产，只有借款，但你的结婚对象还是必须得愿意继承我们内田这个姓。"

因此，当本木雅弘向也哉子求婚时，她最先问的就是："我们家必须入赘的……"本木在家中是次子，我想他肯定也很头疼，但最终他还是答应了。还算比较顺利。

经常有人会错意，其实我之所以要本木入内田家的籍，并不是要他继承裕也的什么东西。关于裕也，我反而希望他不要继承。不过，最近孙子越来越像裕也了，时而粗狂大胆，时而细腻敏感，叫人难以捉摸，父母也拿他没办法。

（《老妈，裕也，女儿也哉子》，2007 年 5 月）

还不如多花些钱在自己的感性上

上中学后，我也没有给那孩子（也哉子）买过衣服。当然，我之前说过，对东西的需求是没有意义的。因此，我利用现有衣服进行修改的水平越来越高。我觉得，与其买东西，还不如多花些钱在自己的感性上。

我不知道本木喜欢我女儿哪一点，据说他在求婚时说完"嫁给我好吗？"后又说："如果被拒绝了，我可能到 50 岁都结不了了。"因为"很难再找到下一个了"。这个 28 岁的年轻人居然会这么说。

不过，如果真的被拒绝了，说不定他在第二年就找到下一个了。

（《内田也哉子"七夕婚礼"特别策划》，1995 年 7 月）

与社会相通的婚姻，破灭时也将责任重大

这次我让女儿举行婚礼，其实就是想让她"把自己晒出来"，向社会宣示"我们结婚了"。这就是仪式中蕴含的意义。我对她说，如果认真宣示过了，即使将来婚姻破裂了，这种破裂也会有助于你们的成长。而如果偷偷摸摸地同居，随随便便地登记结婚，最后又离了，这样固然简单省事，但是，与社会相通的婚姻一旦破裂，其责任也绝对是重大的。通过承担这种责任，他们可以获得成长。

（《母亲树木希林向挚友透露女儿"七夕婚礼"前的点点滴滴》，1995 年 7 月）

自己做的事，要负责到底

女儿想把头发盘成日本式圆髻发型，但她平时是染发的，染的是蓝白相间，于是我说："你就用这个颜色来盘圆髻吧。"听完后，女儿退缩了，她马上见风使舵地说："看来圆髻发型还是黑色的好啊。"但是，我坚定地说："我没在开玩笑。"如果不做到这一步，是无法改变一个人的。因此，对于自己做的事，要负责到底，这就是我这次给她的教育。

（《母亲树木希林向挚友透露女儿"七夕婚礼"前的点点滴滴》，1995 年 7 月）

跟家人在一起时最紧张

在家里，我经常会懊恼："哎呀，又说错话了。好想收回刚刚说的话。"我们全家人都很敏感，连孙子都能看出来："外婆说错话又在补救了。"真没办法，辩解了也还是觉得丢人。

有件事我一直在深刻反省。在哥哥雅乐和妹妹伽罗这两个孙儿之间，不知为什么我跟伽罗总是合不来。她刚刚会说话时就说过"我讨厌外婆"，声音小小的，一点也不可爱。而雅乐非常机灵，当我把买来的点心递过去给他们吃时，他不失时机地问妹妹："你看，外婆多好啊，这下喜欢了吧？"

有一次，不知为什么我和伽罗两个人去参加一个熟人的聚会。在路上走的时候，为了安全我想牵她的手，结果她马上把手缩了回去。我很生气，就说："你穿的什么衣服啊！一点都不合身。"我之前就在想，这孩子怎么穿得这么奇怪。

聚会还没结束我就先回来了，据说那孩了看不见我后哇哇大哭。第二天，也哉子对我说："真不知该怎么跟你说，你能不能别跟孩子讲那种话啊。那件衣服本来就是别人给的，她并不喜欢。但是，送她衣服的人也参加聚会，所以特意让她穿了去，算是表示感谢的。"

所以说，我跟家人在一起时是最紧张的。

（《虽说如此，家人还是相处得不舒服些好》，2008 年 6 月）

生长在演艺之家，既有乐趣，也有坏处

（如果您孙女说要当演员呢？）本来基因就是这样，这也没办法啊。作为艺人，确实会有些好处，同时，出生在演艺之家既有乐趣，也有坏处，如果她能明白这些，我是不会反对的。

（《演艺界可没那么简单》，2015 年 6 月）

原来他的性格是这样的啊

我女儿一家现在已经去了英国，在这之前，他们住在我家楼上。是不是看起来很圆满幸福？差不多吧，算是圆满幸福了。但一开始可不是这样的。我和本木的性格完全不同，也不太熟悉。不过，我们一边调整，一边相互迁就，终于度过了磨合期。

其实，我也没有特意忍耐或是勉强什么，我只是想，哦，原来他是这样的性格啊，但不会想要去改变什么。对于孩子或是孙儿也是如此。两套房子在一起，各自的厨房和玄关也都独立，经常会一整天都碰不到面。正因为是这种留有距离的生活，我们才能如此相处的吧。

（《去世前倒是可以听听裕也的歌》，2017 年 1 月）

刚骂完"混蛋"，马上又问"拐杖去哪儿了"

我丈夫虽然上了年纪，但还是跟年轻时候一样，性格完全没变，在想什么我一清二楚，但是我们也还是会争吵。不过，最近上了年纪，我们都没力气了，于是也就渐渐不吵了。即使骂了"混蛋"，马上又得问"拐杖去哪儿了？"，这样也吵不起来吧。于是，说句"真麻烦"也就算了。倒也不是两个人关系变好了的缘故。

（《去世前倒是可以听听裕也的歌》，2017 年 1 月）

我也嫌他麻烦，想独自一个人离去

女儿一直担心，万一我先去世，留下她父亲一个人，那就太麻烦了。听说有个占卜的人跟她说："不要紧，您母亲会去世得非常简单，比如，因为一点小事而摔一跤后就起不来，一看已经死掉了。因此，最好常常打电话去问问，'你还活着吗？'"

然而，还有人这么说："您母亲在去世之前，会马上揪着您父亲一起去的，所以不用担心。"笑死我了！我把这事情告诉了内田。他说："求你了，你自己一个人去吧。"其实我也嫌他麻烦，想独自一个人离去。不过，既然占卜师是这么说的，那也没办法。我们家就是这么有趣。

(《全身患癌的树木希林访谈》，2013 年 3 月)

第三章

关于健康

树木希林小时候身体就不太好。从 60 岁开始，疾病就不断袭来。2003 年，她 60 岁时，由于视网膜脱落导致左眼失明（后来视力稍稍恢复了一些）。2005 年，她 62 岁时，由于乳腺癌而接受了右乳全切手术。之后，癌细胞扩散至全身。因为罹患癌症，树木希林的人生观发生了巨大变化。

一边改变生活一边改变性格

有天早上起来，我发现有一只眼睛突然看不见了。这比后来患癌症还让我沮丧，因为它来得完全莫名其妙。说不定，我另一只眼睛以后也可能看不见。完全看不见后，我该怎么生活呢？尽管这样，我还是必须生活下去，想到这里，我非常绝望。

就这样，后来我患了癌症，接受了手术，最终不得不改变生活方式。如今我是一边改变生活一边改变性格。

但是，没想到生活习惯改变了以后，眼睛居然又看得见了。本来眼睛里是一片雪白，什么也看不见，后来看得见的地方越来越多，如今用一只眼也可以看见谁在干什么了。想不到还有这种治疗方式！不过，并不是每个人都适用，所以，请大家千万不要模仿我这种胡乱的治疗方式。

（《访谈：宇津井健和树木希林》，2007年1月）

有时候生病会让人脱胎换骨

这么多年来我一直是我行我素的一个人，直到3年前患了乳腺癌。尽管我自己不声不响地进行治疗也没关系，还是觉得有必要跟分居中的丈夫说一下。结

年轻时弹着萨摩琵琶的夫妻俩

树木希林的父亲曾是萨摩琵琶演奏家

果，他听完后大吃一惊。当时我们俩都认为，癌症就意味着死亡。

从那之后，感觉生活就开始变化了。我们开始每个月一起出去吃一顿饭，他还对我说："幸好当时没离婚。"此外还有很多，总之我们到了如今这种地步。当然我们自己会感到幸福，同时，对于儿孙们来说也是很不错的吧。有时候生病会让人脱胎换骨的啊。

（《家人无限大》，2008 年 7 月）

要及早改变自己的生活习惯

对我来说，癌症本身没什么可怕的。手术也没什么，麻醉醒来后完全不疼，右侧乳房完全被切除也没什么关系。我的手可以毫不费劲地抬起来，衣服的带子也可以系上。但我发现，之后的调养生活非常辛苦。这是因为，那里有我在患癌之前形成的生活习惯，有我自己的生活方式，还有致使我患癌的心态与生活习惯。要改变这种心态与生活习惯，这才是非常不容易的。现在，我还在努力的过程中。

我觉得（癌症复发的）可能性是百分之百。正是由于我之前的那种生活方式，我才得了癌症。所以，虽然现在已经进行了手术，但如果不从根本上进行改变，那就必然还有复发的可能性。不仅仅是癌症，得了重病的人总是顾虑太多，或是要用药物来控制病情，或是心里很担心，每几个月就上医院检查一次，我觉得这是很难受的。想要安度晚年，就得及早改变自己的生活习惯。不过，如果我没有得癌症，我的性格也不会改变，生活习惯也不会改变。侥幸现在我还能活着，但很多道理是不吃亏就不会懂啊。

（《访谈：宇津井健和树木希林》，2007年1月）

癌症这种病是很宝贵的

以前，一旦事情不合我意，我就会把别人全面否定。其实不管是别人，还是我自己，都不是完美的，当我明白这个道理后，非常愕然。明明不应该将别人全面否定，而我却一无所知地否定到现在。

所以，如果我得的是不会死的病，那说不定我现在还跟以前一样，现在，死亡已经近在咫尺。从这一意义上说，癌症这种疾病，是很宝贵的。当然，现在癌症也可以治愈了，已经不能这么说了。我觉得，对于我们人类而言，癌症是这个世纪所必不可少的疾病吧，所以，我并不觉得自己有多不幸。这也是我平时对事情的看法，这样一来，自己会很轻松。难受的事情，其实真没多少。

（《我们想要过没有谎言的人生，因此成了这样的夫妻》，2009 年 1 月）

我总在想，自己的人生已经很不错了

正如人生的一切都是必然的，我觉得自己患癌症也是必然的。我奶奶也曾患过乳腺癌，也许我们家的基因里就有癌细胞。不过，奶奶在手术切除后还活了很长时间，而且，我也不记得她曾经接受过多痛苦的治疗了。当时的医疗技术还没有现在这么先进，所以，当我被查出癌症后，我想，自己也不需要经常去看医生就能活下去吧。

"你还有未了心愿吗？"是这部电影（《橙沙之味》2015年公映）的宣传语，说起未了心愿，我是要多少有多少。不过，我一直觉得，自己的人生已经很不错了。明天有点来不及，但如果有一个礼拜时间，我应该可以整理好。癌症这种病真是不错，还给我留足了准备时间，这也没有什么悲伤的。

（《只要有一周时间，我随时死而无憾》，2015年6月）

如果认为生病就不好、健康就好，
这样的人生太无趣了

我在癌症治疗前后，生活品质没发生什么大的变化。在电影《神宫希林——我的神》中，我嘴上说着"你们要体恤老人哦"，但又是爬石阶去参拜神社，又是在神宫林①山上漫步。我并不是硬撑着装作精神，那就是我自然的样子。我觉得，这不是由于医学治疗，而是来自于内在状态。血液运行与营养吸收情况是身体状态的基础，它们与我原本拥有的生活习惯与心态直接相关。如果内心的问题不与通过医疗进行缝缝补补、切除病灶的技术相结合，那也许无法获得真正的健康。

生病是"恶"，没生病是"善"。但是，正如事物有正反两面，事物既有其善的一面，也有其恶的一面。这种东方式的思维方式讲入了我的身体，从而产生了向宇宙这种宏大存在进行祈祷的行为。我觉得这样才使人完整，让他生机勃勃。只有承认任何情况

---

① 神宫林：神宫搬迁仪式中所使用的扁柏树的树林。

都有其善与恶，人类才能在真正意义上强大起来。如果认为生病就不好，健康就好，那这样的人生太无趣了。

（《全身是癌，我想在死前用尽自己》，2014 年 5 月）

不说"疼"，而说"舒服"

不知道是不是放射治疗的后遗症，最近我的肩膀总是隐隐作痛。这个时候，我不说"疼"，而是说"舒服啊"。在我看来，这种现象已经是理所当然，所以生活中才会这么有趣。

对我来说，癌症来得正好，我充分利用了它的好处。想要拒绝人时，只要说"我癌症已经很严重了"，对方就会表示理解："啊，这样啊。"不过，生病之后，我比以前稍微谦虚了些。

（《虽然身体稍有些不便，但无所畏惧地慢慢老去也挺好的》，2016 年 6 月）

"那一定很难受吧，我明白，我全身都是癌细胞。"

我反正是要死了，不过可以死在床上，这还不错。

内田最近一见面就说"身体不舒服"，烦死了，于是我就回答说："那一定很难受吧，我明白，我全身都是癌细胞。"听完后，他就不说话了。想不到生病还有这种效果。

（《我和家人的故事》，2015 年 6 月）

有人说我是"死亡欺诈"

有人说我是"死亡欺诈"。我没说过要死，不过全身患癌却是千真万确的，因为医生跟我说过："你全身都是癌细胞了。"也就是说，我的乳腺癌已经扩散到全身了。我问医生说："那么，也就是说我随时有可能会死掉？"他回答说："是的。"

手术后一般都需要服用激素，但我没有服用，服用完后总感觉不舒服。其他的药物和营养食品，我都没有在服用。我想还是自然些好吧。

"能不能感觉到症状？"哎呀，虽然我想感觉就能感觉到，但我就当作感觉不到，对其视而不见。

（《温故希林在台湾》，2013 年 11 月）

你逃跑了癌症也会追过来的

你逃跑了癌症也会追过来的，你要是想把它赶跑，那自己身体也会筋疲力尽。所以，我既不逃跑，也打不过它，于是就不管它。

（《虽然身体稍有些不便，但无所畏惧地慢慢老去也挺好的》，2016 年 6 月）

第四章

关于工作

　　树木希林1961年进入文学座附属演剧研究所，艺名为"悠木千帆"，后改为"树木希林"。20岁时，因为电视剧《七人孙》而引起该剧主角森繁久弥的关注，其后在多部电视剧中崭露头角。树木希林在广告中也发现了表演的乐趣，其出演的蓓福磁贴、富士胶卷等广告至今还令人印象深刻。至于她在电影中饰演的配角，则可以说是数不胜数，以至于本书最后的年谱都难以全部收入。

我也曾吸到过小津剧组的空气

　　我最初对演戏没什么兴趣，不过，（文学座）处在文化的最前沿，我在那里接触到了当时最璀璨夺目的人物，当然，这是我后来才意识到的。当时的讲师都是出类拔萃的人物，矢代静一、鸣海四郎、松浦竹夫，还从外面请了三岛由纪夫以及刚刚获得芥川奖的大江健三郎。在剧团成立35周年的聚会上，三岛由纪夫跳了摇摆舞，当时年轻的谷川俊太郎也来了。

我最开始不是演员，而是在后台帮忙，负责给这些前辈演员们帮忙。杉村春子对我说："你这孩子挺机灵的，快过来。"于是，在杉村参演小津安二郎导演的《秋刀鱼之味》时，我也去了位于大船的摄影棚。我当时去主要是为了中午的便当，结果杉村的镜头被NG了好多次，我们怎么也吃不上饭。

杉村饰演的是东野英治郎的大龄女儿，经营着一家拉面店。有一个镜头，她拉起门帘，听到父亲和他朋友在里面偷偷说着自己的事就哭了起来，这个镜头演了好多次还是不行。当时大家一点声音也没有，气都不敢喘，所以说，我当年可是吸收过小津剧组的气息的哦。

（《这就是开端》，2008 年 12 月）

即使是仅仅过一下场的角色，我也完全没有觉得丢人

（关于演出的角色）以前我也没想过会一直是配角。其实，配角和主角的区别也无非就是台词少，出场费没那么高而已。但是，我不管在什么情况下都不会逆潮流而动，这可能也是别人怕我的地方吧。不管身处怎样的情况，我都会说"好啊"。

所以，我会说："其实，以前我也演过不少主角，不过都忘了。"即使是没有台词，仅仅过一下场的角色，我也完全不觉得丢人。我想这就是我的强项之一吧。

（《秋子所敬爱的女演员》，1985 年 5 月）

晨间剧是我这种闲杂二流演员所演的

从很早开始我就认为，晨间剧只有我这种闲杂二

流演员才会来演。真正有想法、想要有一番作为的演员一般是不会参演这种剧目的。拍摄的时候，彩排也就是碰个面而已，确定好位置后就收工了。对于他们来讲，这可不是能好好演戏的地方，他们分量太重了。

（《筑紫哲也的电视讨论——茶室之神》，1987 年 7 月）

我们就好像是凉拌菜的调味料

不是自夸，我在家里是不看剧本的。一看到那厚厚的电话簿一样的东西，我的头就开始疼了，因此，我都是在现场背台词。有时候，导演会说，我们直接跳过彩排进行试拍吧，这时候我就开始慌了："请等一下，我以为会拍 3 次的，现在还在记台词呢。"总之，我就是这种粗枝大叶的演法，或者说我根本就是个粗枝大叶的演员。

幸好剧本都已经弄好，这还算走运，但往往还是会出差错。打比方说，我们就好像是凉拌菜的调味料，把鲱鱼放在花椒里炖煮，或是把海鳗和黄瓜用醋汁拌。如果是水平高超的制片人或是导演来料理的话那还好。不过，我总是在蒙骗他们，让他们以为是鲱鱼，结果却成了青花鱼，看着像是美味的香蕉，剥开一看却已经烂了。

（《筑紫哲也的电视讨论——茶室之神》，1987 年 7 月）

虽然欲望很深，但不是哪里都深

我从没有想过要成为现在这样的演员。如果别人说我不行，那我马上就跟他说"拜拜"。如果有人要我隐退，那我就会说"好的，我知道了"。这样看起来好像很潇洒，其实我是什么想法也没有。我现在还觉得，我真不适合演员这份工作啊——这是因为我没有欲望吗？不，我的欲望也很深，但不深在这一处。比如，在弥留之际，我想说："承蒙照顾了，人生真的很有趣，我懂了，哈哈。"

（《家人无限大》，2008 年 7 月）

我的底气来自哪里

要说我演戏的底气是从哪里来的，这应该是由于我拥有房产的缘故吧。即使工作弄丢了，也还有房租收入。我从进入演艺界那天就开始跟人吵架——当然这跟我丈夫还不能比。我心想，说不定哪天我会无法糊口，于是就想要用其他手段确保基本的生活基础，这种想法也就一直持续到现在，这是千真万确的事。

（《访谈：宇津井健和树木希林》，2007 年 1 月）

不管干什么工作，只要学会了全局审视，
那就可以存活下去

对于我在工作中碰到的人，包括我自己在内，我都坚持用全局的观点来审视，这样一来，我就很清楚在这种情况下应该进行怎样的表演。刚刚入行的时候，我学会了如何从全局性审视，当时就想，不管是什么

工作，只要可以记住这种全局性审视所获得的视角，那么就可以存活下去。

（《此言可贵》，2002 年 8 月）

"你在干什么呢！"我总是不留情面

进行全局性审视的时候，我一方面可以看到自己该怎么办，同时也会看到其他的演员应该如何表演。当然，在跟我没关系的地方我是无所谓的，只要是跟我有关，如果有演员完全摸不到门道，我就会忍不住说他："你在干什么呢！"而且好像每次都说得很准，所以特别伤人。如果没说中，那他们也不会在意吧。好像有人甚至因此而心灰意冷，想要转行不做演员了。所以，现在我碰到他们的时候，总是得为以前的事道歉。

（《此言可贵》，2002 年 8 月）

"再好看也只是昙花一现"

十几岁的时候，我特别喜欢跟人吵架。吵着吵着，对方最讨厌的地方，以及他最想要隐藏的部分，都会被牵扯出来，我觉得这很有趣。最初我是从演员的角度来看的，后来我感觉到，自己似乎把别人玩弄于股掌之中了，这让我感到很快乐。我这种人就是大家绝对不想结交的类型吧。

但是，正因为这样，我觉得自己这个演员应该能够干得下去了吧。如果是在普通社会中，我可能早就被抹杀了，因为是演员，才能存活到现在。不过，刚开始走红的女演员多多少少都有些这样，所以，不管她们多好看，最好都别娶她们。我曾跟男演员说过："再好看也只是昙花一现。"

（《花与遗影》，2016 年 6 月）

如果大家都不做，那就我来做

在以前，对于演员而言，舞台剧是最好的，演电影和广播剧的是二流演员，演电视的则是三流演员，而广告则更不入流。这就是当时的潮流。但是，我这个人就喜欢跟别人唱反调，心想，既然别人都不愿意演，那就让我来演吧。于是我就开始接，这成了我出演广告的开端。开始的时候，也有人对我议论纷纷。不过，演了之后我才发现，广告才是最符合我个性的。

（《"广告女王"树木希林》，2003 年 3 月）

空气因此而流动

我这个人，如果长时间做同样的事，就会觉得厌烦。舞台剧需要不断练习，等到开始公演后，在舞台上重复表演就可以了，这让我难以忍受。经常有人说，观众与演员融为一体是舞台剧的精髓所在，但我不喜欢这一点。舞台剧的现场会有观众，这是理所当然的，但是，在观众的眼皮底下进行表演，会让我非常害羞。不仅如此，作为观众在看舞台剧表演的时候，我也会觉得不好意思。于是，我就尽量坐到后排座位，在后面悄悄地看。

广告的时间都很短，一般只有 15 秒或是 30 秒左右，但这短短的广告可以使商品畅销，让公司一跃成名。广告具有推动力，似乎世上的空气也会因此而流动了起来，我非常喜欢这一点。

（《"广告女王"树木希林》，2003 年 3 月）

在广告合约期，我会自认为是该公司的人

我在与广告商签订合约期间，会把自己也当成是该公司的人。公司发生的丑闻，我会当成是自己的丑闻。

我做好了丢人的准备。拍摄广告期间，如果碰到

觉得不合适的地方，自己也会说几句。如果在广告中要说谎或是骗人，我就会念错台词。

不过，最近可能是体力不支了吧，我已经什么也不说了，把自己全部交给他们。与其说"这个怎么样"，还不如直接说"我们先这么试试吧"。因此，我才被评为"好感度第一名"① 的吧。看来，最好还是把一切都交给别人。

（《"广告女王"树木希林》，2003 年 3 月）

"这部分费用我来支付，请重新印刷"

乡裕美和松田圣子分手后，就再也不接受媒体采访了。经纪人跟他商量，希望找个机会跟媒体见一下，于是他说，如果访谈对象是我的话，那还可以聊聊。《SUNDAY 每日》关于这件事的报道还算中立，于是

---

① 2002 年，树木希林在广告综合研究所的评选中，获"女性广告演员好感度第一名"。

我跟他们说了一下，终于敲定了访谈。

然而，虽然乡裕美跟我关系不错，以前还一起出过唱片，但到了对谈时，态度却完全不同了。仿佛他已经无法再相信别人了，显得特别疏远。他穿了一件白色的衬衫，看起来就像是南方某国的国王殿下。我非常头疼，采访是我提议的，所以我也有责任吧。当天我就让别人把录音输成文字，我从半夜开始整理。借助这部分内容，我一个问题接一个问题地进行梳理，好容易才把我们聊的内容整理好发给了编辑部。当然，里面没有说松田圣子的任何坏话。

要说反应最快的，还是印刷厂的人。他们说，想不到乡裕美的脑子这么好，长得这么帅。我心想，看来这能行。然而，编辑部加的标题是《乡裕美与直陈与松田圣子的一切》。我觉得这样的标题还不够震撼，于是跟他们说："请等一下，题目要换一个。"但他们说已经印在封面上，不能再改了。我跟他们说："这部分费用我来出，请重新印刷。"在我的反复要求下，他们终于更换了封面。

封面被重新设计，白纸上是一个非常醒目的红色大感叹号，旁边写着"独家访谈乡裕美"标题为《被愚弄男子的正确愚弄方式》。结果，当时这本杂志一般只发行25万册，而这一期发行了40万册，转眼之间就卖光了。

不过，当时我想，这个人虽然意气风发，是个非常明快的偶像歌手，但在内心深处却藏着些悲伤，于是想为他做点什么，当然这也是考虑到了圣子的未来。不过，如今看到这俩人，我觉得当时真没有必要，反而希望他们可以多帮帮我。

(《演戏"笑容"最重要》，2001年1月)

电视剧演完就瞬间消失了，所以我非常喜欢

吉永小百合曾说过自己"喜欢电影"，而我以前则

是坚定的"电视剧派"。电视上演的东西瞬间就会消失，因此我非常喜欢。然而，以前的电视剧最近不断地被 DVD 化，我原以为不会留存所以才参演的戏剧也开始被保留下来。这样一来，电视我也不能演了。于是我想，如果是拥有充足的录制时间、用心拍摄的电影，那么留存下来也不会难看吧。当然，这还是会把我暴露出来，实在不成体统。

（《老妈，裕也，女儿也哉子》，2007 年 5 月）

戏剧的有趣之处不在于你演的时候

戏剧的有趣之处，不在于你演的时候，演完之后人们反应出的表情才有趣。比如说，有一个人在拼命地掩饰自己的假发，但周边的人其实都隐约知道，结果在一次意外中，假发掉了下来。如果这是喜剧，那么假发掉下来那一刻它就结束了。我喜欢的是之后的几秒钟，有人装得若无其事，似乎没看见，也有人显得不知所措。

（《演艺界可没那么简单》，2015 年 6 月）

如果不观察人物的暗面和内心，演员是走不远的

人物的瞬间表情是很难表现出来的，但是，早在《寺内贯太郎》（1974—1975 年播出）和《MU 一族》（1978—1979 年播出）中，我就已经捕获了这种乐趣。比如，在非常紧迫的状况中，突然有虫子飞过来停在手臂上，大家都想去赶走它，但又动不了。在这种情况下，人物的性格会呈现出来，非常有趣，把它表现出来就是演戏。

"是怎么发现这件事的呢？"这是因为我遇到了森繁久弥。他天生就有这种诙谐感，从某种意义上说，没点坏心眼的话，这种诙谐感是出不来的。我觉得，演员如果不去观察人物的阴暗面和内心，那是走不远的。

（《演艺界可没那么简单》，2015 年 6 月）

"谁都做的事"才是最难的

要说什么最难演，那就是像喝茶、倒水这种日常生活的片断。在这些谁都会做的日常动作中，必须表现出人物的性格，比如说，"这个人是急性子""这个人心肠很坏"之类的。杀人、被杀之类的戏剧性场面是很少的，即使通过想象来表演也不会失去真实性，而"谁都做的事"，才是最难的。

（《花与遗影》，2016 年 6 月）

过普通的生活，与正常人相处，普普通通地活着

小事的不断积累，将为电影中的"日常"增加真实性。但是，这必须从平时就开始观察，在拍摄现场是无法当场想出来的。演员最重要的，就是过普通的生活，与正常人相处，普普通通地活着。所以，我平时既乘坐电车，也使用西瓜卡。

在拍摄电影《橙沙之味》的时候，我们要去汉森病疗养院，河濑直美导演说："我在西武新宿线车站等您。"我说："好的，知道了。"于是，我们乘坐电车过去。返回的时候，加上原著作者助川多里安，我们三个人一起回来。助川对我说，"您坐电车会不会太引人注目呢？"我回答说："怎么会呢？"这时，河濑导演说："希林女士进入人群后，就会把自己隐藏起来。"真是这样吗？不过，如果不这样的话，就无法观察人了。

（《女演员的浑身与自由》，2018 年 6 月）

再辛苦些又何妨

我现在已经不属于任何经纪公司，同时自己还有房产出租，所以收入还算稳定。但是，（女婿）本木自己有公司，不仅要养活家人，还得养活公司员工。所以我想，除了商业活动之外，他还可以再做点别的吧。

于是，我想了解一下他的工作状况。我跟他联系，问他："在哪儿呢？"他回答说："我在老家桶川。"他还在种着地。他就是这样的人。

他家世世代代都拥有和泥土相关的基因，唯独他偶然进入了演艺界。听说他小时候踩着自行车从桶川骑到了大宫，看到大宫后就想：这里是原宿吗？多单纯的孩子啊。不管是什么工作，他都会全力以赴，这样演起戏来可能会很辛苦，不过没办法，这关系到他的全部生活。

（《花与遗影》，2016 年 6 月）

第五章

关于男男女女

在私生活方面，树木21岁与演员岸田森结婚，25岁时离婚。1973年，她与后来成为终生伴侣的内田裕也再婚，时年30岁。在度过了离婚无效官司等风波后，他们这种不同寻常的夫妻关系一直维系到现在。树木希林从她独自的视角，述说关于男男女女的那些事。

女人要拥有具有德行、带有美丽皱纹的面容，必须彻底用尽自己的能量

长得好看的老爷爷很多，但好看的老奶奶却很少见。我想，这是由于女人难耐岁月的缘故吧。女人要想拥有具有德行、带有美丽皱纹的面容，必须彻底用

尽自己的能量。如果不这样的话，那就无法去除污垢，这就是女人的体质吧。

（《于是，当世不再有贞女……》，1988 年 3 月）

为生活而竭尽全力的人，大多会有精彩的人生

一般来说，女人这种生物一旦有时间去思考多余的事情，往往就会做出多余的事。像那种为生活而竭尽全力的人，大多会有精彩的人生。

（《Torico Cinema》，2007 年 5 月）

女人所拥有的特质中，
最先为人所知的是其暗藏背后的恐怖

我觉得，世上虽然有性格好的男人，但性格好的女人却不存在吧。不管年龄大小，女人所拥有的特征中，最先为人所知的就是其暗藏背后的恐怖。

女人所拥有的特质是非常可怕的，男人的特质还

结婚当初感情融洽时的夫妻俩

有净化好转的端倪，而女人所具备的特质则一直在蠢蠢欲动。

（《畅谈人生》，1987 年 1 月）

面目狰狞地强调自己的女人，该有多么丑陋啊

辛辛苦苦地让自己变美，是一件极难的事。可以意识到自己的存在根本上就对不起这个世界、很难为情的女人还是很妩媚的啊。

不管什么都强调"我我我"，整个社会都开始喜欢标榜自己了。我觉得这可能是由于大家心里都不踏实，不这样做就无法确认自己的存在了吧。这样想来，我觉得女人真是很可怜，但同时，那些面目狰狞地强调自己的女人，又让我觉得很丑陋。

（《畅谈人生》，1987 年 1 月）

端庄动人是女人的最高姿色

自己的长相还不足以自谦说"还过得去",连站姿都让我觉得不好意思,当我明白这种感觉时,我心想,女人真的很妩媚啊。首先就是在面对男人的时候。

我觉得,所谓妩媚,并不是口衔玫瑰花、手拢头发这种惺惺作态,端庄动人才是女人的最高姿色。

(《畅谈人生》,1987 年 1 月)

无论怎么化妆,不管是拉皮还是缝针,
年龄都会暴露出来

今天久违地见到了吉永小百合,我心想,她老得真优雅好看啊。女性也不例外,整个人生都会展现在脸上,不管怎么化妆,不管是拉皮还是缝针,年龄都会暴露出来。我那分居中的丈夫总是在嘴边说:"女演员的下场可悲惨喽。"从这种意义上来看,我觉得小百

合真是个难得的女演员。

（《喜欢和服、喜欢电影》，2008 年 1 月）

女人还是强大些好

女人还是强大些好。如果不够强大，那就无法支撑起整个家庭。即使不用这种强大来为"男女平等"而奋斗，那也可以寻找个更加适合女性的地方，在那里变得强大起来，那么，这个世界也会因此而更加美丽吧。

（《母亲树木希林向挚友透露女儿"七夕婚礼"前的点点滴滴》，1995 年 7 月）

不成熟的关系经历得再多，人也不会因此而成熟

结婚以后，既要操心受苦，有时候还会不开心。我们不得不深入到夫妇或是亲子这种人际关系中，这是我们在成熟过程中所必不可少的——在某一个时间

之前，我一直如此认为。但是现在我想，也没必要勉强自己吧。

如果打算同居的话，那最好还是入籍。这是因为如果仅仅同居的话，一旦分手后将不会留下丝毫不快，这种轻松对于人类而言是没有意义的。这种不成熟的关系经历得再多，人也不会因此而成熟。不管是维持婚姻生活，还是决定离婚，必然会伴有不愉快的经历，但这种人生经历对于我们的生命而言是非常重要的。

不过，最近我又想，只要找到能够不结婚也可以变得成熟的方法不就可以了吗？生了病后我才开始明白，人生没有多长。所以，也许我们没有必要拘泥于非结婚不可，甚至因此而为难自己。当然，恋人还是有的好。

（《花与遗影》，2016 年 6 月）

有时我也想有那样的后背可以依靠

我从来没有因为看到其他夫妻而羡慕过，但是这次除外。有一位名叫原泉的演员，她丈夫是作家中野重治。有天晚上，我曾经拜访过他们家。

当时正好是夏天，房间里点了蚊香，中野先生正面向点着灯的书桌在写着什么。看着他那白色和服的背影，原女士喊了一声："我回来啦。"

然后，当天可能是由于我在的缘故吧，据说她平时总是会倚靠在那后背上，从后面紧贴着丈夫，把当天发生的各种事情全都告诉那温暖的后背。这样真好！于是，我有时候也会想，我要是也有那样的后背就好了。我也上年纪了，希望有一两件如此甜蜜的轶事。

所以啊，在还没有糊涂之前，我劝大家要多和异性愉快相处。

（《访谈：宇津井健和树木希林》，2007 年 1 月）

认识到心意相通基础上的"性"并认真面对，

将成为幸福的老年夫妇

日本人一直在回避这个话题，我觉得我们应该看清真正意义上的"性"文化。对于孩子的性与老人的性，我们不应半开玩笑，而应该更加严肃地面对。不要遮遮掩掩，不过，也不能太过明目张胆，以至于在养老院发生了持刀伤人事件。如果我们能够认识到建立在心意相通基础上的"性"并认真面对，那么，将来会成为非常幸福的老年夫妻吧。

我也想看清"性"的问题，这也可以是个关于牵手的问题。两个老人互相照料，一手握着楼梯扶手，一手相互牵扶而行，即使是在这种"性"生活中，手也是不可或缺的。

（《我们想要过没有谎言的人生，因此成了这样的夫妻》，2009 年 1 月）

对方的负面部分必定也存在于自己身体里面

不管是哪对夫妻，能在一起肯定有其缘分，对方的负面部分，必定也存在于自己身体内。明白这个道理，也就可以理解结婚这种行为了吧。有时候，当我看到人们在说自己丈夫或妻子的坏话时，我就会在心里想："这个人在说她（他）自己哦。"

（《封面人物：树木希林》，2015 年 7 月）

无论男女，有点古典气息会更迷人

从年轻时开始，我就经常饰演老婆婆的角色，上了年纪后，人也日渐中性化了。尽管如此，我还是很想看那种让人怦然心动的充满魅力的男人。不过，我完全不想在男人身边。

前段时间看电视，有几位曾经是明星而如今已是大叔的人上了节目。看到他们年轻时候的影像，我居然内心一震。视频中，两个清纯可爱的年轻人在唱着歌。也许就唱歌而言，肯定是现在的他们比以前更好，但是，他们好像沾染了太多的东西，已经让人没什么感觉了。

如今，明星在出道时，周围已经为他们贴好了各种标签，他们的定位一开始就设定好了。不过，不管男人还是女人，我觉得还是稍微有些古典气息会更迷人。

（《50 岁后的 10 年是人生的分水岭》，2016 年 6 月）

第六章

关于作品

在某时期之前，树木希林的主要战场曾是电视剧。尤其在《到时间了》《寺内贯太郎一家》《MU》等作品中，其演技风靡一时。树木希林在电影中活跃起来，是在 60 岁之后，如《半告白》《东京塔》《步履不停》《恶人》《小偷家族》等。这些作品可以说是天衣无缝的演技的宝库。

电视剧（TBS）《七人孙》

导演：山本和夫等

1964—1966 年播出

主演：森繁久弥、大坂志郎、加藤治子、悠木千帆

　　　（树木希林）等

在拍摄现场瞬间塑造"人物"的森繁前辈

在拍摄过程中，森繁久弥总在不停地说："别靠近镜头！别靠近！"他会对镜头说："再拉远点。特写已经够了，拍全身！"从我最初和他一起演出家庭剧《七人孙》时就如此。我觉得演戏有趣，是从拍电视剧开始的，其实这是森繁前辈给我的启示。

当时森繁前辈大概50岁吧，正是演技最娴熟的年纪，他对事物的看法和感兴趣的方式，以及将这些吸收消化的力量，都非同寻常。当然了，他的晚年确实不太好。但旁边人也是有责任的，一直放任他肆意演出。

但是，当年他真正投入演出的时候真是精彩。由于能够近距离欣赏森繁前辈的演出，我终于发现了演戏是如此地有趣。要说哪里有趣，一般的舞台剧都是通过反复练习之后，完完整整地背下台词，然后再把它原原本本地呈现出来，但是，森繁前辈不同，他是

在 NHK 连续剧《烈驹》(1986) 的拍摄现场，她平时总穿着和服

在拍摄现场瞬间塑造人物。这也很合乎我的性格，于是，我由此开始了我的演员生涯。

（《曰听其自然》，2015 年 7 月）

电视剧（TBS）《寺内贯太郎一家》

导演：久世光彦等

1974—1975 年播出

主演：小林亚星、加藤治子、悠木千帆（树木希林）、
梶芽衣子、西城秀树、浅田美代子等

生气后摔倒，吃了不少苦头

（当时，树木希林以 30 多岁的年龄出演老婆婆角色）

扮演儿子的小林亚星比我大 10 多岁，饰演他妻子的加藤治子则比我大 20 多岁。我本想偷个懒，心想，如果是老婆婆角色的话，那么我就可以在走廊边铺个坐垫，像家猫似的躺着，于是就请剧作家向田邦子给

我一个像家猫一样的角色。

不过，我的手可好看了——在当时。为了把手藏起来，我总是戴着手套，把指尖部分稍微剪掉些。就像这样，很多细节都非常敷衍。不过，后来逐渐就不能光躺着了，又是要被悬空吊起来，又是要生气后摔倒，吃了不少苦头。

（《访谈：宇津井健和树木希林》，2007 年 1 月）

"即使上了年纪，不变的东西还是绝对不会改变"

我自己演得很开心。装上白发，从扮相上来看，确实是个满脸皱纹的老婆婆。每个人都拥有的食欲、性欲之类的，这个老婆婆也一样不少。一般来说，如果是年轻人来扮演老婆婆的话，她们往往会想"上了年纪后想法应该会更加成熟吧""品格会更加高尚吧"，通过这种想象来塑造角色。

但是，我却认为"即使上了年纪，不变的东西还是绝对不会改变"。对于人类，我是坚决不相信的，明明一大把年纪了却还不成熟的大有人在。而且，我觉得保留着这种不成熟部分的人，反而会更加可爱。

（《只要有一周时间，我随时死而无憾》，2015 年 6 月）

电视剧（全三部，NHK）《梦千代日记》

导演：深町幸男、松本美彦

1981—1984 年播出

主演：吉永小百合、楠敏江、树木希林、大信田礼子、秋吉久美子等

吉永小百合比看起来还顽固得多

（吉永）小百合比看起来还顽固得多。最初我并不知道，我们合作电影后，我发现了她的顽固，心想"这太好了！"与其说是顽固，其实是她内心很坚强，可以坚持自己的意志。正因为她一直以来不断如此，

所以才有今日的成就吧。

我这个人，一直认为电视剧这种东西播放完就消失了，所以没有太过用心。但是，看到了当时的小百合，我才感到自己有点领悟了，领略了她演技的精妙，也知道了作为核心支撑起整部剧的主角是多么艰辛。梦千代这个角色，果然不是谁都可以完成的。《梦千代日记》之所以能够取得成功，就是因为有作为核心毫不动摇的吉永小百合这位演员的存在。

（《喜欢和服、喜欢电影》，2008 年 1 月）

如果是美女来表演，那就没那么悲伤了

（树木希林扮演一个名叫菊奴的艺伎，被一个逃亡中的男子骗光了钱后又被抛弃。有一个镜头是她一个人一边嘎巴嘎巴地咬着腌萝卜，一边吃着茶泡饭。）

不过，在现实生活中我还从来没有过被男人抛弃的经历，所以，我是一边琢磨一边演的。这样一个难

看的女人，拼命贴钱给男人，结果还被抛弃了，但不管怎样还得活下去，于是她只能边哭边想着明天怎么办，嘴里还嚼着茶泡饭，这个景象看起来非常悲伤，能引起大家的共鸣吧。因此，如果是美女来演的话，那就没那么悲伤了。

（《喜欢和服、喜欢电影》，2008 年 1 月）

连续剧（NHK）《烈驹》

导演：冈本喜侑等

1986 年播出

主演：斋藤由贵、渡边谦、树木希林、小林稔侍等

不管是现实中还是作品中，
理想的女性形象都已经不见了

我曾在 NHK 电视剧《烈驹》中扮演过一个贞洁的母亲角色，于是，七八十岁的男人们对我说："你演

得很像我母亲。"而中年男子也看得很感动。

然而，工作起来麻利高效但家务沾也不沾，可以说是跟我演的母亲角色完全相反的女人们，居然也说"真不错啊"。她们说："她好知性啊。"这让我有些意外。

自己不是这样的人，所以反而更明白这样的好处吧。如今这个时代，包括我自己在内，接近于理想的女性，不管是在现实中还是作品中，都已经见不到了，这正好符合制片人的意图——这就是过去曾经存在过、而现在却很难存在的女性，我们把她的优点重现出来吧。我们自己已经没有这种品质了，回头看看过去，肯定会心生感叹"好美啊"。

（《于是，当世不再有贞女……》，1988 年 3 月）

电影《梦之女》

导演：坂东玉三郎

1993 年公映

主演：吉永小百合、树木希林、长门裕之、永岛敏行等

很少有女演员能表现出凛然的活法

坂东玉三郎导演的《梦之女》这部作品，我非常喜欢。

一边向即将投身苦海的新人妓女述说自己的往事，一边缓缓地离去，最后的这个镜头，玉三郎拍得非常仔细用心，而对此积极响应的吉永小百合，也让我觉得她没有丝毫的浮夸。

曾几何时还是光彩夺人，但是不觉间已经容颜尽改，自己的身形也已恍若两人，如此不珍惜自己人生的女演员也不在少数。但是，小百合对自己的人生、生活和角色都非常爱惜，不管是失败还是成功，都充分汲取养分，坚定有力地生活着。

玉三郎这么对我说："希林，你看啊，最后我们还

是都会被小百合吸引啊。"的确，仅仅站在那里就可以表现出凛然的生活态度，这不是一般的女演员可以办到的。我这不是在奉承她，确实还没有人可以替代她。

（《喜欢和服、喜欢电影》，2008 年 1 月）

电影《东京塔：老妈和我，有时还有老爸》

导演：松冈锭司

2007 年上映

主演：小田切让、树木希林、内田也哉子、小林薰、

　　　松隆子等

正好像是"我和也哉子，有时还有裕也"

我和女儿内田也哉子共同参演了今年春天上映的电影《东京塔：老妈和我，有时还有老爸》。不过，说是"共同参演"，其实我们没有在同一个镜头中出现过：我们俩共同扮演了主人公"我"的母亲的一生，

前半生由也哉子演，后半生我演。

"在个人生活中，其实我也是'老妈常伴左右、老爸偶尔出现'的独生女，所以对这个角色特别有感触。"在试映会上，也哉子这么说，引得观众大笑起来。

确实，《东京塔》中的"老妈"与"老爸"分居，独自抚养着"我"，而我则和内田裕也分居，独立养育着也哉子，我们俩的人生也许看起来非常相似。

但是，现实中的我可以说和"老妈"完全不同。我这个人，一点都没有"老妈"那种谦虚和深情。迄今为止，不管是面对丈夫，还是面对女儿，我从来没有能够采取过充满爱意的态度。

我们3个人几乎从来没有在同一个屋檐下生活过。尽管如此，也不知道为什么，我们这个家还是维系了30多年。我们的生活真可以说就是"我和也哉子，有时还有裕也"。

（《老妈，裕也，女儿也哉子》，2007年5月）

家庭之所以不分崩离析，是由于女人的坚韧

"老妈"是个非常温柔的人，但不仅如此。那么吓人的"老爸"，毕竟也是"老妈"自己选择的。他们能在一起，肯定是有共同点的，不管是优点还是缺点，妈妈都是具备的。因此，本来她的人生可以更加精彩，但她在生活中关上了这扇大门，想到这里，也会让人觉得唏嘘的吧。

比如，当儿子问她"来东京怎样？"时，她回答说："我可以去吗？"这就是"老妈"。如果是我的话，肯定会明确回答："去啊，当然去。"或是说"不去"。而她说的是"真的可以去吗？"……她就是这样历经世事的吧。从她的条件来看，本来可以更加精彩，结果却没能这样。母亲的艰辛，有时候让人觉得难受，但有时候我也会觉得，那样也挺好的。

世上的家庭之所以不会分崩离析，那是由于女人

的坚韧。正如"女"人为"台"，才形成汉字"始"，一切事物开始的基础，都是由女人建成的。如今，这个基础已经在摇摇晃晃了。如果基础坚固的话，那基本上就不会有什么大问题。女人这种生物，在她生命结束的生活，一定会有人为她哭泣，觉得"有她真好"的吧。

（《树木希林如是说》，2007 年 4 月）

苦难再多也不归咎于别人，这是作为女人的勇敢

原著里有句话："母亲是无欲无求的。"其实并非如此。"老妈"也是自己选择了人生，所以到最后她也没有发过牢骚，我觉得这很了不起。苦难再多，也不归咎于别人，这就是作为女人的勇敢，我觉得这就是母亲所具有的特质吧。

（《树木希林如是说》，2007 年 4 月）

活着不是为了死亡，要活够了才死

到了这个岁数，会碰到许许多多的死亡。之前还在一起吃饭的人，动不动就去世了。越是亲近的人和熟人，就越会悲伤吧。"老妈"也是这样的人。之所以会有这么多人怀念她在世的时候，也主要是由于她平日的积累。活着不是为了死亡，要活够了才死，就在去世那一瞬间，生的感情就会喷涌而出。

所以，我好想再多演一些"老妈"那可笑的部分，再多重现她那忙忙碌碌生活的样子啊。这可不是要增加出场时间。如果活得半途而废的话，那跟死又有什么区别呢？

（《树木希林如是说》，2007 年 4 月）

"老妈"的"颜施"

在电影开拍前，为了拍摄宣传用的剧照，我们去了宫城县细仓矿山的煤矿旧址，这也是后来电影拍摄时的取景地。

最初我想，为了拍几张照片，没必要特意跑到宫城县去吧。然而，当我换上服装，在那个煤矿独有的光线里，坐在荒凉萧条的外廊边，或是在满是石头的地上行走时，我感觉自己具备了"老妈"的眼睛。

看到拍好的照片时，我无法把照片中的人当成是我自己。她的笑容是那么安详沉稳，我知道自己平时没那么好看，心想，这就是"老妈"的"颜施"吧。

"颜施"是一个佛教术语，看到这张脸时，如果人能够感觉到某种东西，那就表示通过脸人被施加了什么，这就是"颜施"。我想，对于大家，对于这个世界而言，"老妈"的"颜施"早已完成了，而我也为接下来扮演"老妈"做好了心理准备。

在剧中"我"的独白部分，有这么一句话："老妈在人生中开心吗？"如果问她本人的话，也许她会说：

"我很开心，很快乐，很满足。"但是，在她儿子看来，总还是会有哀伤在心头掠过。不过，不管是如何死去，有谁不会"归于哀伤"呢？

（《老妈，裕也，女儿也哉子》，2007 年 5 月）

电影《步履不停》

导演：是枝裕和

2008 年公映

主演：阿部宽、夏川结衣、YOU（江原由希子）、树木希林、原田芳雄等

没看剧本我就决定出演

我是个不看剧本就会决定出演的人，因为我从来没有看了剧本后提出点什么。我的手续很随意，我没有经纪人，只有录音电话。所以如果没有档期的话，听了也就当没听过。这次我也是早早地就答应了下来，

但是我有预感，感觉这会成为一部非常优秀的电影。后来剧本完成后，我就想，为什么次子良多要由阿部宽来演呢？他真是我生的孩子吗？

我长得普普通通，演这种角色很自然，但你（阿部宽）不一样，在哪里一站都会让人觉得"好帅啊"，你来演这个角色，会有逼真感吗？说到这里，我想起了里面有一句我非常喜欢的台词。你的头碰到了门框后，姐姐千奈美说："真是高大得浪费。"是枝导演能想出这种台词来，真是很有意思。

（《家人无限大》，2008 年 7 月）

纪录片《神宫希林——我的神》

导演：伏原健之

2014 年公映

主演：树木希林

看似不公平，其实每个人都肩负着些什么

我以前一直以为伊势神宫是国家出钱的，结果不是，这让我很惊讶。不仅如此，从神宫神田到神宫林，参与其中的人简直不计其数。在去年（2013年）7月到10月的祭年迁宫期间，我去过几次，当时我才注意到原来这里汇集了这么多人的信仰。据在电影中也会出场的二轩茶屋饼店老板说，在通往神宫的路上可以听到参拜客热闹的说话声，但到了宇治桥后，就只能听见脚踩在木头和碎石上的声音。参拜路上的氛围可以让我们内心沉静下来。

由于（东日本大地震引发的）海啸，（石卷市）雄胜町被冲得只剩下碎片瓦砾，他们使用神宫林中的扁柏重建了新山神社。如今，不管是神宫的样子，还是参拜者的景象，都还没有达到能被称为美丽的地步。（在经历了这么多之后，人们以这小小的神社为寄托生

活下去。人世的可怜让我难受。）

人家的草坪总是更青翠些。看起来好像不公平，其实每个人都背负着什么，我们从中寻找小小的喜悦与希望。为什么会这样？那也只能就此祈祷。在这漫长的人生中，我们该怎样消化痛苦，如何迎来终结呢？我以前一直隐隐约约地想着，只要我能够死在家里床上，那就知足了，通过这次旅行，我对此更加坚定了。

（《树木希林的生活方式》，2014 年 5 月）

淡然流逝时间深处的人类赞歌

其实，对于这种"跟踪采访"，我一般都是拒绝的。东京的大电视台工作都很繁忙，他们会在短时间内很快就拍完收工，但这样到底可以带给观众什么呢？另一方面，地方台虽然预算不多，但时间却很宽裕，可以耐心地把我肆意磨蹭的细节都拍进去，这样往往可以拍出不错的东西。

我不是要说什么豪言壮语，就是希望观众能够在淡然流逝的时间深处，感受到一种人类的赞歌。因此，我们才选用了这句广告词：如果你在生活中累了，欢迎来此处安眠。与其在情人旅馆休息，还不如来电影院更加实惠，欢迎来休息。不过可不能真睡着了哦。

（《全身是癌，我想在死前用尽自己》，2014 年 5 月）

电影《澄沙之味》

导演：河濑直美

2015 年公映

主演：树木希林、永濑正敏、内田伽罗、市原悦子等

我能做的唯有靠近他们的痛苦

我听说这是关于做红豆馅的故事，读了原著后，我决定参加演出。在开拍前，河濑导演邀我去看一下国立汉森病疗养所"多磨全生园"。到了这个年纪，我

才第一次知道东京有这样一个地方。

这里的居所聚集在一片巨大的土地上，大小相当于8个东京巨蛋体育场。在国家的隔离政策之下，他们被要求住在这里，直到1996年政策被废除。他们长期身处偏见和歧视之中，即使疾病已经康复，但是到了这个年龄，他们已经无法再回社会了。这种情况非常之多。听入住者说完后，我非常震撼。我深深地思考，如果说是同情，那我就太自不量力了，我能做的唯有靠近他们的痛苦。

河濑导演就是这样的人，她会让我们把一切都切身体验之后才开始拍摄。我所扮演的德江女士是一位做红豆馅的高手，所以我去糕点点心学校进行了学习，从早到晚都在做。我也是因此才知道，原来红豆馅是要加糖浆的。

（《人生无憾，今后如何才能在成熟中终结呢？》，2015年6月）

生病没什么可怜的

正如电影中的德江女士那样，身患疾病、已经 72 岁的我明白了一个道理，虽说是生了病，但绝对没有什么可怜的。即使得病了，也要带着求生的希望去生活。她就是这样燃尽生命的吧，我想通过这部作品把它表现出来。

（《演艺界可没那么简单》，2015 年 6 月）

每个人都以各种形式背负着某些痛苦，但人生不止如此

（当我知道德江的原型后）我也曾和上野（正子）女士见过面，原来她就是主人公的原型啊。上野女士出生在一个不错的家庭，13 岁时查出汉森病后，被父亲带到了位于鹿儿岛县大隅半岛的疗养所，那里现在还是非常不便的地方。但她说起这些时，却很云淡风

轻。当时我就想，她好像德江女士啊，现在终于想通了。不过，她完全没有什么悲戚感，这才是真正残酷的人生吧。

每个人都以各种形式背负着某些痛苦，但人生的全部不止如此。不管此时有多难受，下一秒就会有新的事情出现，人生不全是残酷，人生无所不有。

（《只要有一周时间，我随时死而无憾》，2015年6月）

"我是演员"，如果这么说的话，
那就什么也感觉不到了

说到塑造角色，演员必须能够感受到隐藏在日常生活中的元素。如果一上来就说"我是演员"，那就什么也感受不到了。癌症主治医生为我介绍了上野女士所在的疗养所。我约好了日期，我不打算自报家门，以演员的身份与她见面，这样会失去日常性。我只想通过我的身体去扮演一个市井中的普通人而已，必须

感受到日常性。

上野女士一直说个不停，然后她突然说："你好像电视里的一个人啊。"我回答说："是呀，有一个。"于是她说："你得加油哦。"然后她又说，"这个，你拿回去。"她要我把锅里煮着的菜带走，我明明已经说过了"不要"。对着远道而来的我，要我加油，这就是上野女士原原本本的样子吧。

（《只要有一周时间，我随时死而无憾》，2015 年 6 月）

这把年纪还能出现在如此严格的拍摄现场，
我们真的很幸福

（被问及参演《澄沙之味》的原因）这是因为我对河濑导演很感兴趣。通常情况下，演员是听到"开始"的指令后才开始表演，但河濑导演却要求，装扮起来就必须一直处于角色中。比如，如果扮演的是农户角色，即使不拍种地的镜头，她也会理所当然地要求我们平时从事农活。这种不区分纪录片和剧情片的拍法很少见。到了我们这个年纪，很少会被人要求什么。所以，我和市原悦子都觉得到了这把年纪还能出现在这么严格的拍摄现场，很幸福。

（《演艺界可没那么简单》，2015 年 6 月）

不管是什么角色，只要都是人，
那就一定会有相通的部分

我还碰到了不少居住在疗养所的人，有时候说完"你好"，伸出手去想要握手，却发现对方没有手指。但是，他们每个人都克服了过往的艰辛，积极明快地生活着。而我居然到了 72 岁才知道这些，可见无知是多么残酷啊。我深以为耻，感到自己罪孽深重。

要说扮演德江难不难，其实也不难。在这个世界上，有些人看起来似乎生活得自由自在，但要说他们是不是真的自由呢，其实他们也都各自因为自身或家庭而背负重担，这就是人生。不管是什么角色，只要都是人，那就一定会有相通的部分。

即使是杀人犯角色，也应该有他存在的理由。扮演的时候，不能居高临下地说他多可怜或多残忍，而是把自己也投射进去，全身进入角色。当然，也有人可以完全无我地挑战角色，而我总会让自己处于角色之中。

（《封面人物：树木希林》，2015 年 7 月）

电影《比海更深》

导演：是枝裕和

2016 年公映

主演：阿部宽、真木洋子、小林聪美、树木希林等

描绘出一无所有的日常，抓住观众的内心，
这是极其困难的

如果有什么特别的设定或是故事，那好歹还可以

博人眼球，但是，要描绘出一无所有的日常，抓住观众的内心，这是极其困难的。是枝导演确实很有水平，对人类可以说是观察至深。

这部作品的舞台设定是在郊外的住宅小区，但描绘的是随处可见的家庭日常，所以完全没有戏剧性的故事情节。其中，我扮演的是一位我们身边随处可以看到的普普通通的老母亲，但这种随处可见的母亲，扮演起来也挺不容易。

（《不应该如此？这才是人生》，2016 年 6 月）

纪录片《人生果实》

导演：伏原健之

2017 年公映

主演：津端修一、津端英子、（解说）树木希林

一切都井井有条，彬彬有礼，同时又很有勇气

（描写了一对老夫妇精彩生活的电影《人生果实》）

我甚至没有预先读过他们给我的剧本，仅仅是照着原稿念了一遍——我毕竟已经用这声音骗了近60年的人啊。我原以为，解说员不需要记台词，应该很轻松。结果，上了年纪后，耳朵也背了，口齿也没以前好了。所以我跟工作人员说，这样的工作以后我再也做不了了。

英子女士非常可爱。电影结束后，我第一次见到了她，我们一起去了居酒屋。她全身充满了能量，我心想，只有这样的女性才会有修一先生那么好的丈夫啊。一切井井有条，彬彬有礼，同时又很有勇气，真是了不起的夫妻。看完电影后，大家有没有想"要是能有这样的人生那就再无所求了"？

当然，我不是说要去羡慕别人的人生，厌恶自己

的人生。人家是人家，我也只能过我自己的人生。不过，我觉得他们的人生真是精彩。

（《去世前倒是可以听听裕也的歌》，2017 年 1 月）

感觉就像是吓人的角色商品

《人生果实》中的英子女士说自己的丈夫"老了以后变好看了"，但我家两个人都不是这样。偶尔见个面也会想："这个人还是以前好看些，现在怎么成这个样子呢?"我们可能彼此都这样看对方吧。我们都没有变好看，或者应该说是更"奇怪"了，就好像是吓人的角色商品。

（《去世前倒是可以听听裕也的歌》，2017 年 1 月）

电影《有熊谷守一在的地方》

导演：冲田修一

2018 年公映

主演：山崎努、树木希林、加濑亮等

听说守一由山崎努来演，我当场就说"好，我演"

电影《有熊谷守一在的地方》是关于画家熊谷守一的故事，听说守一是由山崎努来演，我当场就说："好，我演。"

我从小就喜欢守一的画。他画的猫很有名，以画风简练而闻名，让人简直想说："这不是小孩画的？"自从他的腿不好后，到去世之前的 30 年间，据说他一步都没有出过院子。他每天都持续几小时观察院子里的植物、石头、蚂蚁等生物。到他以 97 岁高龄去世之前的几个月为止，他每天都在创作墨画以及写字。

守一先生非常迷人，而且，他不媚俗。我与出演守一的山崎努先生之前从来没有合作过。在这部作品中能碰到他，我觉得非常幸福。山崎努先生非常喜欢守一先生，甚至称他为"我的偶像"。

我饰演的是守一的妻子秀子女士。我想，她一定是位天真烂漫的女性。不过，在她的内心深处有着对守一深切的敬意。正因为她自己也曾经画过画，所以她才能感受到守一作为画家的才华吧。因此，她接纳了丈夫的全部。不过，我自己缺乏这样的品质。

（《封面上的我：一切随缘》，2018 年 5 月）

电影《小偷家族》

导演：是枝裕和

2018 年公映

主演：中川雅也、安藤樱、松冈茉优、池松壮亮、树木希林等

是枝导演的作品肯定了人的全部，很吸引人

"为什么为了扮演祖母角色，要摘掉假牙呢？"这也不是什么挑战，我只不过是看腻了自己的脸而已，另外，我也厌倦了自己的台词念法，如果没了牙齿，

脸部的骨骼会发生变化，嘴角也会漏风吧。另外，我上了年纪后就不再打理头发，长长的头发有些吓人。我想不能吓到别人，于是提前给导演看了一下，跟他说："我打算就这么登场了。"这算是先斩后奏吧。但我对这个造型非常满意。

（是枝导演）是个可以挖掘出人性细微处与内心深处东西的作家。这部电影的宣传语是"偷走的是羁绊"。不管有没有血脉相连，人不是一个人独自存在，而是与他人在一起的。这样就会有故事发生，而一旦成为家人，关系就将变得更为复杂。羁绊终将走向破灭，人不可能拥有什么永恒的东西。是枝导演在作品中不仅肯定人的有趣之处，也同样肯定他们的失败，这样的作品非常吸引人。失败也值得爱惜。

（《别看模型，多看人》，2018 年 6 月）

我想展现出人类老去、走向破灭的过程

"对于女演员来说，这比赤裸还丢人。"有人对我这么说，她说的是摘下假牙。在电影《小偷家族》中，我把头发留长了，扮成了一个吓人的老太婆。

这应该也是我最后一次出演是枝导演的作品了，所以我才这么提议。我已经是晚期高龄人士了，差不多要考虑金盆洗手了。

另外，我还想展现出人类老去、走向破灭的过程。现在和老年人一起居住的人不多了，大家都不太清楚他们的样子吧。有人说我在电影中咬橘子的样子很吓人，其实我是用牙龈在啃，没有牙齿的人，只能这样吃。

怎样才能通过自己的身体来表现人物呢？这本就是演员的工作，《小偷家族》会获得金棕榈奖，是我们对各个人物的人生经历和生活方式进行仔细观

察、反复琢磨的结果吧。电影里每个角色都很鲜活生

动吧。

（《女演员的浑身与自由》，2018 年 6 月）

家属代表致辞

非常感谢诸位今日不辞辛劳，在百忙之中参加我母亲内田启子的葬礼。

请允许我代表家属发表简单感想。

对于我而言，说起母亲就不能不谈到父亲内田裕也。以下这些话也许不应该在今天这种场合讲，不过，回想起来，我们内田家是个非常奇妙的家庭，彼此之间为数不多的信息沟通都是在许多人的见证下进行的。而且，母亲生前也是个多事的人，她说过："越是丢人的事情，就越要把它暴露出来。"因此，请允许我在此稍作介绍。

在我结婚之前的 19 年间，我们家一直只有母亲和我。

在家里，父亲只是象征性的存在，但不管他做什么事，对我们而言都是非常重要的存在。年幼时的我，在缺位父亲的压力之下一度几近崩溃。然而，当不知所措的我问母亲"为什么还要维系这种关系"的时候，她平静地说："因为你的父亲有一份纯真。"

虽说是自己的父母，虽然也知道每个人都有自己的选择，但他们却曾是我无法理解的谜团。

数日之前，我在母亲的书房里找东西时，偶然发现了一本小小的相册。里面小心翼翼地贴着母亲朋友以及我小时候从国外寄来的信，突然，我发现了一张伦敦某酒店已经褪色的便笺纸，那是父亲写给母亲的信，当时母亲还叫"悠木千帆"。

下次我想和你一起来。结婚一周年时我会回国，到时候我们两个人一起过来。

藏王山和洛杉矶在整个世界都是难得的纪念日。

这一年，给你添了好多麻烦，我正在深刻反省。

如果我有经济实力，那么麻烦也会少些吧。

我非常清楚，因为我的梦想和赌博，你付出了昂贵的代价。

仔细想来，我也发现了自己的矛盾。

现在已经到了必须要把摇滚当生意的时代吗？

最近我总是觉得，很多谚语对我非常适用。

请为我祈祷，让我尽早找到突破窘境的答案，

也让我不在冷静中变得狡猾世故。

尽管我常对你爆粗口，但我真的从心底爱着你。

19/4 年 10 月 19 日　于伦敦

这封信让我简直无法想象，尽管任性随意，却充满了父亲对母亲的感谢与爱意，我一时间说不出话来。

父亲平时让我束手无策，但此时，我似乎明白了他内心的混沌、苦恼与纯粹，我也理解了为什么母亲没给任何人看，而是小心翼翼地把它收藏在自己的书架上。

就这样，长年以来盘踞在我心头的对父母相处方式的不解，似乎一下子就解开了。

我自己也很惊愕，长年累月形成的沉重心结，居然因为这么一封信就烟消云散了。

母亲有时候会自嘲："我从外面嫁到内田家来，后来又让本木来了内田家，我们大家都在拼命支撑这个家，然而最重要的内田却不在这里。"但是，如果说我做过唯一一件孝顺的事，也许就是和本木结婚。有时候，丈夫会认真地指出母亲不对的地方，为我们挡住动粗的父亲，而且，他比我还关心我的父母。与凡事心直口快的母亲相反，丈夫总是一本正经。但是，在家长缺位的内田家，他安静稳重地存在的情景，至今仍让我感到有些超现实，甚至有些感动。然而，如今这种绝妙的平衡被打破了，我们要重新摸索内田家的均衡模式。我内心疑惧，努力从记忆里搜寻母亲对我说过的话。

"不骄傲，不攀比，有趣地淡然生活就行。"

尽管未尽之事还有许多，我想暂且冷静下来，珍惜与家人相处的日常时光。母亲在生前嘱咐我进行内部葬礼，最终她在广林寺以这种方式与诸位亲友进行告别，同时，在此过程中，我们获得了多方面的帮助，也让我领略到了各位与我母亲独一无二的交流，这些都将成为我们家属莫大的精神力量。非常感谢各位来宾对我母亲的厚爱，今后也请继续多指导。非常感谢各位的莅临。

2018 年 9 月 30 日　内田也哉子　东京广林寺

树木希林年谱

1943 年 出生于东京都，原名为中谷启子。

1961 年 18 岁

作为首期生进入文学座附属戏剧研究所，以"悠木千帆"为名开始演员生涯。

1964 年 21 岁

电视剧《七人孙》(TBS) 第一季开播。与森繁久弥初次合作，在剧中扮演森繁饰演的主人公家的女佣角色。

与文学座同期生、演员岸田森结婚。

1965 年 22 岁

成为文学座的正式座员。

《七人孙》(TBS) 第二季开播。

1966 年　23 岁

退出文学座，与丈夫岸田森、村松克己、草
野大悟等发起"六月剧场"。

电影《续酒鬼博士》（井上昭导演）公映，
与胜新太郎合作出演。

1967 年　24 岁

电影《旅途》（村山新治导演）公映。

1968 年　25 岁

与岸田森离婚。

1969 年　26 岁

电影《疯狂大爆炸》（古泽宪吾导演）公映。

1970 年　27 岁

电影《寅次郎的故事：温柔的爱》（森崎东
导演）公映，与渥美清合作出演。

电视剧《到时间了》（TBS）第一季开播。饰
演该剧主要场景"松之汤"的员工，与堺正

章等合作出演。

1971 年　28 岁

电视剧《到时间了》(TBS) 第二季开播。

1972 年　29 岁

电视剧《兄弟之间》(日本电视台) 开播。

1973 年　30 岁

《到时间了》(TBS) 第三季开播。

与摇滚音乐人内田裕也结婚。

1974 年　31 岁

电视剧《寺内贯太郎一家》(TBS) 开播。扮演由小林亚星饰演的石材店老板贯太郎的母亲，以老年角色而大受好评。

《到时间了：昭和元年》(TBS) 开播。再次担任老年角色，饰演"龟之汤"老板的母亲。

电影《别了朋友》(泽田幸弘导演) 公映，

与松田优作合作演出。

1975 年　32 岁

《寺内贯太郎一家 2》（TBS）开播。

电影《蝮蛇与青蛇》（中岛贞夫导演）公映。

1976 年　33 岁

长女内田也哉子出生。

电视剧《樱花之歌》（TBS）开播。

1977 年　34 岁

在"日本教育电视台"更名为"全国朝日放送（朝日电视台）"之际播出的纪念节目的拍卖环节，将自己的艺名"悠木千帆"以 2.02 万日元拍卖，后改名为"树木希林"，意为"树木聚集起来，形成稀有的树林"。

电视剧《MU》（TBS）开播，与主演乡裕美合作的二重唱"妖怪的摇滚"大热。

电视剧《圣子宇太郎——忍宿借夫妇巷谈》

（TBS）开播。

1978 年　35 岁

电视剧《MU 一族》开播。与乡裕美合作的二重唱"苹果杀人事件"大热。

1979 年　36 岁

在《MU 一族》庆功会上，她在演说中爆出制片人久世光彦出轨演员野口智子，而且野口已怀胎 8 月。自此之后与久世不相往来（直至 1996 年电视剧《公子哥儿》）。久世当场全部承认，之后正式离婚，与野口再婚。

友情出演电视剧《侦探物语》（日本电视台）第九集，与松田优作合作。

1980 年　37 岁

电影《流浪者之歌》（铃木清顺导演）公映。

电视剧《服部半藏：影子军团》（关西电视台）开播。

在"蓓福磁贴"的广告中，与蓓福公司董事长横矢勲的对白大受欢迎。

1978 年开始出演"富士彩色胶卷"广告，该年在广告中饰演顾客绫小路小百合，与扮演店员的岸本加世子的对白"让美者更美，不美者……""不美者怎么办?""不美者如故"风靡一时。其后 40 年，一直出演富士胶卷的广告。

1981 年　38 岁

电视剧《梦千代日记》（NHK）第一部开播，与吉永小百合共同出演。

与田中邦卫合作古装剧《捕吏阿沟》(富士电视台)。

电影《野菊之墓》(酒井信一郎导演) 公映。

内田裕也无故提出离婚，树木希林以离婚无效为由提起诉讼，最终胜诉。

1982 年　39 岁

《梦千代日记》的第二部《续梦千代日记》

（NHK）开播。

电视剧《女检察官》（朝日电视台）播出。

电影《转校生》（大林宣彦导演）公映。

电影《刑警物语》（渡边祐介导演）公映。

1983 年　40 岁

电影《天城峡疑案》（三村晴彦导演）公映。

电影《故乡》（神山征二郎导演）公映。

1984 年　41 岁

《梦千代日记》第三部《新梦千代日记》

（NHK）开播。

1985 年　42 岁

电影《寂寞的人》（大林宣彦导演）公映。

电影《梦千代日记》（浦山桐郎导演）公映。

电影《卡波涅痛哭》（铃木清顺导演）公映。

1986 年　43 岁

电视剧《飞翔的警察》(TBS) 播出。

NHK 电视剧《烈驹》开播，树木希林因为在该部作品中的表演而获得第 37 届艺术选奖文部大臣奖。

1988 年　45 岁

电影《鹤》(市川昆导演) 公映，与吉永小百合共同出演。

解散事务所，自己兼任经纪人。

1990 年　47 岁

NHK 大河剧《宛如飞翔》开播。

电视剧《妈妈战争》(读卖电视台) 播出。

1991 年　48 岁

电影《大诱拐》(冈本喜八导演) 公映。

NHK 电视剧《请问芳名》开播。

犯罪实录电影《金的战争》(富士电视台)

播出，与北野武合作出演。

电视剧《捕吏阿沟》（富士电视台）开播。

1992 年　49 岁

电影《中学教师》（平山秀幸导演）公映。

1993 年　50 岁

电视剧《从今往后，海边的旅人们》（富士电视台）播出，与高仓健合作出演。

电影《梦之女》（坂东玉三郎导演）公映，与吉永小百合共同演出。

1994 年　51 岁

电影《樱花》（神山征二郎导演）公映。

1995 年　52 岁

电视剧《厨艺小天王》（朝日电视台）开播。

电视剧《闪耀邻太郎》（TBS）开播。

女儿内田也哉子与本木雅弘结婚。

1996 年　53 岁

久世光彦制作的电视剧《公子哥儿》(TBS)
播出，与乡裕美合作出演。

电视剧《玻璃的碎片们》(TBS) 播出。

1997 年　54 岁

电影《恋爱，花火，摩天轮》(砂本量导演)
与《必杀始末人》(石原兴导演) 公映。

1999 年　56 岁

电影《刑法第三十九条》(森田芳光导演)
公映。

2000 年　57 岁

NHK 大河剧《葵：德川三代》开播，饰演
阿福。

2001 年　58 岁

电视剧《菊次郎和早纪》(朝日电视台) 播出。

电影《东京金盏花》(市川准导演) 公映。

电影《手枪歌剧》(铃木清顺导演) 公映。

电影《纸板宅女》(松浦雅子导演）公映。

2002 年　59 岁

日语教育节目《日语岁时记——大希林》
(NHK）播出（至 2005 年）。

电影《回归者》(山崎贵导演）公映。

电影《命》(筱原哲雄导演）公映。

以其持续演出四分之一世纪之久的"富士胶
卷"等广告，获女性广告艺人好感度第一
位。(广告综合研究所）

2003 年　60 岁

由于视网膜脱落而左眼失明。

2004 年　61 岁

开播 50 周年电视剧特别策划《向田邦子的
情书》(TBS）播出。

电影《半告白》(佐佐部清导演）公映。树
木希林凭借在该作品中的演技，获第 26 届横滨电影节女配角奖、第28届日本学院奖优秀女配角奖、第59届日本放送电影艺术大奖优秀女配角奖等。

电影《下妻物语》(中岛哲也导演) 公映。

电影《萤火虫之星》(菅原浩志导演) 公映。

树木希林在与长嶋茂雄的对谈录《人生智囊》中透露，其左眼已失明。

2005 年　62 岁

由于患乳腺癌，接受右乳全切手术。

2006 年　63 岁

电视剧《我们的战争》(TBS) 公映。

电视剧《东京塔：老妈和我，有时还有老爸》(富士电视台) 播出。

电影《夏日的冲绳》(宫本理江子导演) 公映。

2007 年　64 岁

电影《东京塔：老妈和我，有时还有老爸》

（松冈锭司导演）公映。女儿也哉子也参与演出。凭借在该作品中的表演，树木希林获第31届日本学院奖最佳女演员奖、第29届日刊体育电影大奖女配角奖、第62届日本放送电影艺术大奖优秀女配角奖。

2008年　65岁

电影《步履不停》（是枝裕和导演）公映。凭借在该作品中的表演，树木希林获第30届南特三大洲电影节最佳女演员奖、第33届报知电影奖最佳女配角奖、第51届蓝丝带奖女配角奖、第82届电影旬报十佳日本电影女配角奖、第32届日本学院奖优秀女配角奖、第63届日本放送电影艺术大奖最佳女配角奖。

在秋季授勋中获授紫绶褒章。

2010年　67岁

电影《坏人》(李相日导演）公映。凭借在该作品中的表演，获第34届日本学院奖最佳女配角奖。

电影《宫城野》(山崎达玺导演）公映。

2011 年　68 岁

电影《奇迹》(是枝裕和导演）公映，在该作品中，首次与孙女内田伽罗共同演出。

2012 年　69 岁

电影《我的母亲手记》(原田真人导演）公映。凭借在该作品中的表演，获第四届TAMA 电影奖最佳女主角奖、第25届日刊体育电影大奖女配角奖。

电影《使者》(半川雄一郎导演）公映。

2013 年　70 岁

凭借《我的母亲手记》获第36届日本学院奖最佳女演员奖。在获奖演说中，公开了癌症已扩散至全身的消息。

电影《如父如子》（是枝裕和导演）公映。

2014 年　71 岁

电影《神宫希林——我的神》（伏原健之导演）公映。

在秋季授勋中获授旭日小绶章。

2015 年　72 岁

电影《投靠女与出走男》（原田真人导演）公映。凭借在该作品以及《澄沙之味》《海街日记》中的表演，获第 7 届 TAMA 电影奖最佳女演员奖。

电影《澄沙之味》（河濑直美导演）公映。凭借在该作品中的表演，获山路文子电影女演员奖、第 40 届报知电影奖女主角奖、第 39 届日本学院奖优秀女演员奖。

电影《海街日记》（是枝裕和导演）公映。

2016 年　73 岁

在第 10 届亚洲电影奖中获特别贡献奖。

电影《比海更深》(是枝裕和导演)公映。

2017 年　74 岁

电影《人生果实》(伏原健之导演)公映，负责解说。

2018 年　75 岁

电影《有熊谷守一在的地方》(冲田修一导演)公映，与山崎努合作出演。

电影《小偷家族》(是枝裕和导演)公映。

《非虚构》(富士电视台)《摔倒的灵魂：内田裕也》，担任解说。

8 月，人腿骨骨折，接受紧急手术。

9 月 15 日，在东京都涉谷区家中，在家人的陪伴下去世。

9 月 30 日，葬礼在东京都港区光林寺举行。

电影《日日是好日》（大森立嗣导演）公映。

首次亲自参与制作的电影《38 岁的伊丽卡》
（日比游一导演）和德国电影《樱花恶魔》
（多丽丝·德里导演）成为其遗作。

相关报道出处

第一章

《活力》2008 年 7 月号，《家人无限大》，树木希林，阿部宽。

《PHP 特刊》2015 年 7 月号，《老而有趣》。

《周刊朝日》2016 年 5 月 27 日号，《鞠子的嘉宾精选集》，树木希林，林真理子。

《妇人公论》2016 年 6 月 14 日号，《50 岁后的 10 年是人生的分水岭》，树木希林，小林聪美。

《PHP 特刊》2016 年 6 月号，《不应该如此？这才是人生》。

《SOPHIA》1988 年 11 月号，《如何与男人心意相通》，树木希林，濑户内寂听。

《羊角面包》1987 年 1 月 25 日号，《畅谈人生》，仓桥由美子，树木希林。

《MORE》1985 年 5 月号，《秋子所敬爱的女演员》，树木希林，和田秋子。

《LEE》1988 年 3 月号，《于是，当世不再有贞女……》，树木希林，桥本治。

《AERA》2016 年 5 月 30 日号，《你成了"想成为的大人"吗?》，阿部宽，树木希林。

《FRaU》2002 年 8 月 27 日号，《此言可贵》。

《活力》2007 年 1 月号，《访谈：宇津井健和树木希林》，树木希林，宇津井健。

《周刊现代》2015 年 6 月 6 日号，《我和家人的故事》。

《活力》2015 年 6 月号，《人生无憾，今后如何才能在成熟中终结呢?》。

《日刊朝日》1987 年 7 月 24 日号，《筑紫哲也的电视讨论——茶室之神》，树木希林，筑紫哲也。

《女性自我》1995 年 7 月 25 日号，《母亲树木希林向挚友透露女儿"七夕婚礼"前的点点滴滴》，树木希林，小林由纪子。

《文艺春秋》2014 年 5 月号，《全身是癌，我想在死前用尽自己》。

《AERA》1996 年 9 月 15 日号，《我所梦想的大往生》。

《F》2001 年 7 月号，《她的轨迹》。

《新刊新闻》2002 年 2 月号，《返老还童》，灰谷健次郎，树木希林。

《家庭画报》2008 年 1 月号，《喜欢和服、喜欢电影》，吉永小百合，树木希林。

《电影旬报》2008 年 12 月上旬号，《这就是开端》，树木希林，斋藤明美。

《STERA》2013 年 11 月 29 日号，《温故希林在台湾》。

《妇人画报》2015 年 6 月号，《只要有一周时间，我随时死而无憾》，树木希林，助川多里安。

《家之光》2015 年 7 月号，《封面人物：树木希林》。

《电影旬报》2015 年 7 月上旬号，《曰听其自然》，树木希林，市原悦子。

《周刊朝日》2014 年 5 月 9 日、16 日号，《70 岁才首次参拜伊势神宫，居然还成了纪录片》。

《AERA》2017 年 5 月 15 日号，《全身是癌，树木希林的生死观》。

《女性周报》2017 年 1 月 5 日、12 日号，《来自树木希林的电话》。

《妇人公论》2018 年 5 月 22 日号，《封面上的我：一切随缘》。

《文艺春秋》2007 年 5 月号，《老妈，裕也，女儿也哉子》。

《FRaU》2016 年 6 月号，《花与遗影》，树木希林，荒木经惟。

《春意》2016 年 6 月号，《时隔 8 年再次登场！特别对谈》，阿部宽，树木希林。

第二章

《活力》，2008 年 7 月号，《家人无限大》，树木希林，阿部宽。

《电影旬报》2008 年 12 月上旬号，《这就是开端》，树木希林，斋藤明美。

《妇人画报》2016 年 6 月号，《深度采访》，树木希林，辛酸奈美子。

《F》2001 年 7 月号，《她的轨迹》。

《文艺春秋》2007 年 5 月号，《老妈，裕也，女儿也哉子》。

《妇人公论》2016 年 6 月 14 日号，《50 岁后的 10 年是人生的分水岭》，树木希林，小林聪美。

《LEE》1988 年 3 月号，《于是，当世不再有贞女……》，树木希林，桥本治。

《SOPHIA》1988 年 11 月号，《如何与男人"心意相通"》，树木希林，濑户内寂听。

《周刊现代》2015 年 6 月 6 日号，《我和家人的故事》。

《妇人公论》2015 年 6 月 9 日号，《"妻子"这种空间的存在，让我没有散漫放纵》。

《FRaU》2016 年 6 月号，《花与遗影》，树木希林，荒木经惟。

《羊角面包》2009 年 1 月 10 日号，《我们想要过没有谎言的人生，因此成了这样的夫妻》。

《活力》2007 年 1 月号，《访谈：宇津井健和树木希林》，树木希林，宇津井健。

《女士》2003 年 11 月号，《实用之美——鲁山人》，树木希林，梶川芳友。

《女性自我》1995 年 7 月 18 日，《内田也哉子"七夕婚礼"特别策划》，树木希林，小林由纪子。

《女性自我》1995 年 7 月 25 日号，《母亲树木希林向挚友透露女儿"七夕婚礼"前的点点滴滴》，树木希林，小林由纪子。

《妇人公论》2008 年 6 月 22 日号，《虽说如此，家人还是相处得不舒服些好》，树木希林，YOU。

《an·an》2015 年 6 月 10 日号，《演艺界可没那么简单》。

《周刊女性》2017 年 1 月 24 日号，《去世前倒是可以听听裕也的歌》。

《周刊新潮》2013 年 3 月 21 日号，《全身患癌的树木希林访谈》。

第三章

《活力》2007 年 1 月号，《访谈：宇津井健和树木希林》，树木希林，宇津井健。

《活力》2008 年 7 月号，《家人无限大》，树木希林，阿部宽。

《羊角面包》2009年1月10日号，《我们想要过没有谎言的人生，因此成了这样的夫妻》。

《妇人画报》2015年6月号，《只要有一周时间，我随时死而无憾》，树木希林，助川多里安。

《文艺春秋》2014年5月号，《全身是癌，我想在死前用尽自己》。

《友友》2016年6月号，《虽然身体稍有些不便，但无所畏惧地慢慢老去也挺好的》，树木希林，桥爪功。

《周刊现代》2015年6月6日号，《我和家人的故事》。

《STERA》2013年11月29日号，《温故希林在台湾》。

第四章

《电影旬报》2008年12月上旬号，《这就是开端》，树木希林，斋藤明美。

《MORE》1985年5月号，《秋子所敬爱的女演员》，树木希林，和田秋子。

《日刊朝日》1987年7月24日号，《筑紫哲也的电视讨论——茶室之神》，树木希林，筑紫哲也。

《活力》2008年7月号，《家人无限大》，树木希林，阿部宽。

《活力》2007年1月号，《访谈：宇津井健和树木希林》，树木希林，宇津井健。

《FRaU》2002年8月27日号，《此言可贵》。

《FRaU》2016年6月号，《花与遗影》，树木希林，荒木经惟。

《电视SERAI》2003年3月号，《"广告女王"树木希林》。

《全民读物》2001年1月号，《演戏"笑容"最重要》，树木希林，久世光彦。

《文艺春秋》2007年5月号，《老妈，裕也，女儿也哉子》。

《an·an》2015 年 6 月 10 日号，《演艺界可没那么简单》。

《AERA》2018 年 6 月 18 日号，《女演员的浑身与自由》。

第五章

《LEE》1988 年 3 月号，《于是，当世不再有贞女……》，树木希林，桥本治。

《橙页》2007 年 5 月 2 日号，《Torico Cinema》。

《羊角面包》1987 年 1 月 25 日号，《畅谈人生》，仓桥由美子，树木希林。

《家庭画报》2008 年 1 月号，《喜欢和服、喜欢电影》，吉永小百合，树木希林。

《女性自我》1995 年 7 月 25 日号，《母亲树木希林向挚友透露女儿"七夕婚礼"前的点点滴滴》，树木希林，小林由纪子。

《FRaU》2016 年 6 月号，《花与遗影》，树木希林，荒木经惟。

《活力》2007 年 1 月号，《访谈：宇津井健和树木希林》，树木希林，宇津井健。

《羊角面包》2009 年 1 月 10 日号，《我们想要过没有谎言的人生，因此成了这样的夫妻》。

《家之光》2015 年 7 月号，《封面人物：树木希林》。

《妇人公论》2016 年 6 月 14 日号，《50 岁后的 10 年是人生的分水岭》，树木希林，小林聪美。

第六章

《电影旬报》2015 年 7 月上旬号，《日听其自然》，树木希林，市原悦子。

《活力》2007 年 1 月号，《访谈：宇津井健和树木希林》，树木希林，宇津井健。

《妇人画报》2015 年 6 月号，《只要有一周时间，我随时死而无憾》，树木希林，助川多里安。

《家庭画报》2008 年 1 月号，《喜欢和服、喜欢电影》，吉永小百合，树木希林。

《LEE》1988 年 3 月号，《于是，当世不再有贞女……》，树木希林，桥本治。

《文艺春秋》2007 年 5 月号，《老妈，裕也，女儿也哉子》。

《电影旬报》2007 年 4 月上旬号，《树木希林如是说》。

《活力》2008 年 7 月号，《家人无限大》，树木希林，阿部宽。

《艺术新潮》2014 年 5 月号，《树木希林的生活方式》。

《文艺春秋》2014 年 5 月号，《全身是癌，我想在死前用尽自己》。

《活力》2015 年 6 月号，《人生无憾，今后如何才能在成熟中终结呢？》。

《an·an》2015 年 6 月 10 日号，《演艺界可没那么简单》。

《家之光》2015 年 7 月号，《封面人物：树木希林》。

《PHP 特刊》2016 年 6 月号，《不应该如此？这才是人生》。

《周刊女性》2017 年 1 月 24 日号，《去世前倒是可以听听裕也的歌》。

《妇人公论》2018 年 5 月 22 日号，《封面上的我：一切随缘》。

《电影旬报》2018 年 6 月下旬号，《别看模型，多看人》。

《AERA》2018 年 6 月 18 日号，《女演员的浑身与自由》。

树木希林简介

　　1943 年出生于东京都。最初以"悠木千帆"为名开始演艺生涯，后改名为"树木希林"。进入文学座附属演剧研究所后，因电视剧《七人孙》而被森繁久弥发现了其在表演方面的才华，之后，她在《到时间了》《寺内贯太郎一家》《MU》等电视剧中的演技也引起了热议。树木希林出演电影数量甚多，代表性作品有《半告白》《东京塔：老妈和我，有时还有老爸》《步履不停》《恶人》《我的母亲手记》《澄沙之味》《小偷家族》等。61 岁时患乳腺癌，70 岁时宣布癌细胞已扩散至全身。丈夫为摇滚音乐人内田裕也，女儿为散文家内田也哉子，女婿为演员本木雅弘。2018 年 9 月 15 日去世，享年 75 岁。